陈卫 ——

著

两只空气 同时落球
。。

江苏凤凰文艺出版社
JIANGSU PHOENIX LITERATURE AND
ART PUBLISHING, LTD

图书在版编目（ＣＩＰ）数据

两只空气同时落球 / 陈卫著. —— 南京：江苏凤凰
文艺出版社, 2017.7
ISBN 978-7-5594-0734-4

Ⅰ.①两… Ⅱ.①陈… Ⅲ.①短篇小说- 小说集- 中
国- 当代 Ⅳ.①I247.7

中国版本图书馆CIP数据核字(2017)第145949号

书　　　名	两只空气同时落球	
作　　　者	陈　卫	
出 版 统 筹	黄小初　沈浛颖	
选 题 策 划	何崇吉	
责 任 编 辑	姚　丽	
特 约 编 辑	王群超　盛羽洁	
责 任 监 制	刘　巍　江伟明	
版 式 设 计	胡　杨	
封 面 设 计	黄云生	
出 版 发 行	江苏凤凰文艺出版社	
出版社地址	南京市中央路165号，邮编：210009	
出版社网址	http://www.jswenyi.com	
印　　　刷	北京中科印刷有限公司	
开　　　本	880×1230毫米　1/32	
字　　　数	150千字	
印　　　张	7.5	
版　　　次	2017年9月第1版，2017年9月第1次印刷	
标 准 书 号	ISBN 978-7-5594-0734-4	
定　　　价	48.00元	

影视版权抢订热线　　　010-57194853
江苏凤凰文艺版图书凡印刷、装订错误可随时向承印厂调换

自 序

　　我一直写得非常少。虽然每天都生活在写作之中，但最终的成品非常少。早年曾被戏谑为"一年只写一个短篇"。凡事都有自圆其说的一面，少产暗含的"精益求精"在最初成为"口碑"的保证，但我很早就因为不能流畅地工作而对此厌恶烦躁。事实上我更盼望过着每天写很多的生活。早在上海我就为此做着努力，但是，……一个不能成行的人任何事情都能构成不能成行的理由，一个能够成行的人任何事也都能构成他成行的动力。直至 2015 年 9 月，我才终于真正的"快速多产"，"一周完成一个小说"，并且持续了半年多，稍作休整之后，从去年底开始，我第三次在太湖边住下来，再次过上了狂飙突进的写作生活。

　　在实践持续的过程中，我已经明白我追求的并不仅仅是速度和多产，更大的乐趣来自于"对自我尽可能的反对和否定"。之前写得少，现在可以写得多。之前写得慢，现在可以写得快。之前停留于反复修改，现在可以一稿即成无须改动。之前对"现实情节"谨慎，现在可以对故事大行其道。之前有这样那样的"追求"实际上也就是各种限制，现在可以无所不为恣意酣畅。是的，我并不需要延续我早年已经形成的所谓"习惯"。我并不需要"遵循"我之前貌似强硬地说过的话。过往的习惯或话语如何可能成为金科玉律不可破坏？相反，对自我的质疑和反对，同样以它更丰富的乐趣吸引着我。那些对自我更多更细密的反对和质疑甚至不是现在能够通过语句罗列出来，它们更具体地体现在一次次的写作细节之中。说到底，作品本身仍旧大于现在或任何时刻的罗列。走向自己的反面所拓展出来的宽度，使我在有生之年更好地理解写作理解小说，使我的小说更加成为我的生活，和我的生活融为一体。

而在这一切之上，我相信没有任何乐趣比得上千变万化的过程中，仍旧时刻保持着对任何"类型"的摆脱和突破，并因此所形成的"意外"。自始至终，我仍旧希望并要求在小说中"制造惊喜"，我始终希望我仍是一个可以带来惊喜的人。

这本书就是我第一次"快速多产"的作品合集，它们大多写于2015年10月至2016年4月这半年。但临到编排，还是落选了众多篇目，特别是两个篇幅较长的小说因为涉及较多的性描写，也暂时搁下，为此再次收入了五篇旧作，不过《黄墙》和《明强》此前并未收进自选集，这是它们第一次出现在同一本书里，因此仍算得上新作。真正重复收入的仅《两只空气同时落球》《我将适时地离开你》《对伟大偶然而要命的限制》三篇。而《两只空气同时落球》的重新收入也有更正的意思：它之前在书里出现时第一段的字体有误，对阅读理解构成了障碍。

这一次我的出版人曲梵为了向读者更加鲜明地呈现我的写作追求，因此目不旁顾地以"两只空气同时落球"为书名。这个因为梦见我和帕斯卡在我当时浦东住处的阳台上聊天并在枕头边迷糊中记下的句子一直令人费解，但它是我写作这篇小说的唯一而全部的动力，不容改动。虽然以它为书名会让一些读者误以为这本集子多为旧作，但曲梵认为这确实是能够代表我写作特异性的一个题目，值得作为书名出现。

2017/4/24

目　录

深 松

　　藤野严九郎与鲁迅的师生缘分，并没有使他的后代如我们所愿的那样，对中国保持特别的亲善。甚至他的一个侄子还短暂地参加了侵华战争，并且加入的正是"惨无人道、灭绝人性"的731部队。不过那是历史。作为一名细菌学医生，即便被征东北，藤野恒三郎从事的仍旧是他的本行：食源性致病菌研究；简言之：食物中毒研究；并且正是此次从军研究经历，为他战后发现并分离副溶血性弧菌帮了大忙。

　　正如恒三郎当时并不清楚自己卷进了侵略中国的大潮，藤野家族的后代对中国的情感也始终不亲不疏，说到底，这个行医已逾十几代的家族对政治毫无兴趣，至于中国，尤其是中医，从来都是他们的基础传统之一，不需要特别地对待，他们从来没有觉得这是另一个国家的学术。这种情况到了恒三郎的次子发生了一点变化。藤野竹村（1937）行医之余，颇喜书法，追着这根线索溯流而上，很自然地回到了历史上迷恋中国的亲和状态。从一九八二年转到大阪大学医学部执教开始，他几乎每年都要来中国两三次以上，一半因为医学，一半因为书法。由于横跨两界，他的中国朋友更是多于一般的日本中国通。不过这一情况到他的下一代又有中断，竹村生有两子一女，没有意外，均循祖传继续行医，这三个孩子没有对中国、汉学表示特殊的兴趣。倒是次子摄耀的独子，在美国留学的藤野佐为（1986），毕业前偶遇去美国巡演宣传的台湾女星周璟馨，根据资料他得知这位他最初以为是日本同乡的女孩，竟然是中国鲁迅的曾孙女，这个古旧的名字顿时比舞台上的亚洲姑娘更打开了他的想象，祖父曾多次提起高祖与这位中国现代文化名人的奇缘，当晚他就在 MSN 上跟祖父说起此事，回国后更是围着他慨叹这次奇遇，祖孙俩虽然都没有点破，但高亢的声调常常暗含某种与命运有关的兴奋的提示。此后每当竹村从中国回来，佐为都忍不住去看望探询，对中国的兴趣越来越浓，甚至求着祖父教他书法，每天早起和睡前都写上一页，越来越感受到其中的乐趣。

二〇一六年元宵节期间，早已退休的竹村受邀参加在南京举办的中日书法名家大展，趁此机会，佐为跟着祖父第一次来到中国。活动公务完毕，竹村想带佐为游玩中山陵，这座陵墓的主人和他们祖上结交的那位中国名人，几乎同样牵动着他们对中国尤其是南京的感情，他们行走在这座城市的每条街道，都在想象当年孙文和鲁迅如何走在这些路上，这样想着，他们在南京既有家的亲切，又有面对祖上无以复加的崇敬，而这些崇敬在中国主人看来只能更加慨叹日本人的礼仪。大展组委会会长、四十五岁的日语系教授刘孝颖和她的助手、师大书法系的硕士生段刚，主动提出陪伴竹村祖孙二人游玩中山陵。

正值一年一度的"国际梅花节"，他们从明陵路上山，沿神道曲折而进，玩过梅花山，参观了明孝陵，出来休息片刻他们又去看了颜真卿碑林。午饭吃了鸭血粉丝汤，之后，花了两三个小时拜谒了中山陵，走出中山陵，就像所有人一样，经过来回六百七十八级台阶的攀踏他们都感到累了，随意轻松漫步而下，又进灵谷寺转了一圈。再出来时日头才稍稍偏西，他们实在疲乏，准备去寺前大树下的凉亭茶座喝茶稍息，正欲转身，只见佐为一字一顿地念道："灵谷深松。"大家都知道他在念寺庙偏门前大石碑上的字。念完之后，佐为转身对他爷爷笑了一下，然后既严肃又谨慎地低声说了几句，没说完却不说了，倒是竹村似乎突然被提醒了似的，他转身问刘孝颖："刚才佐为提醒了我，我以前来这里游玩时就发现，这块碑上的四个大字是谁所书？实在说，颇有一点不协调，此字虽有柳诚悬笔法，但行笔拘谨，而且古意不足，倒有些今人的刚直暴怒，让人纳闷得很。"

"啊，"刘孝颖轻声叫道，"你这正是问对了人，藤野先生。"说着转眼看看段刚和佐为，抿嘴笑着，然后把大家引到凉亭茶座，"我们坐下说，这个故事不短。"大家赶紧落座，一壶密封冷藏的碧螺春沏上，大家把坐姿调整舒服，全都面向刘孝颖，洗耳恭听。

十六年前，也就是二〇〇〇年，有一个年轻人就住在灵谷寺下的韦陀巷，他经常步行上山，从韦陀巷上山总要经过灵谷寺，不过他对宗教并没什么兴趣，有时会朝它看一眼，大部分时候就经过它往中山陵、明孝陵方向跑。当然他也不是去玩那些景点，可能专拣一些偏僻的小路散步。

那天他应该心情不好，上山的时候就听见灵谷寺的梵音飘荡，听着这个声音他就不自觉地走进寺内，看见寺内正在做一场很大的佛事，在跪拜的人群中，他看见一个十一二岁的小姑娘，拜得比任何人还要虔诚，他不禁更加悲从中来，各种忧郁不知向谁说。于是就转身走进另一座院子，他走到院子中央，从另一边圆门大步流星走进来一个和尚，差点撞上小伙子，那位师傅径直走到院墙那头的磁卡电话那里打电话——那时手机还没普及。小伙子转身盯着这位师傅看，他刚才走过去的呼呼的风声有种奇怪的吸引力，而随即见到他的模样更让他吃惊：这位师傅年轻英俊，英气逼人，气度非凡，谈吐既诱人又有震慑力，他在电话里对对方说的话深深吸引着这个小伙子，话语中不乏"佛学院""下个星期慧明法师的开示你一定要来，慧明法师的德行是非常高的……完全称得上是高山仰止……"等等，内容和声音都让小伙子感到他不是一般的年轻僧徒。等他打完电话又重新在小伙子身边走过、准备走进寮房，小伙子感到机不可失，就叫了一声："师傅！请问怎么才能进佛学院呢？"这个小伙子可能也是佛心充满一时迷糊，什么也顾不上了，可是那位师傅的回答却顿时给他不小的打击："佛学院？你还没出家你怎么进佛学院呢？"言语迅疾口吻厌烦，说完就要走，小伙子深感打击甚至感到羞愧，但仍旧想抓住时机获得年轻大师的指点："那，师傅，如何才能出家呢？"那师傅更是一声轻蔑的冷笑："出家？！谈何容易！又不是什么人都能跟佛有缘的！"说完就走进寮房。

这个小伙子完全呆在那里了。他本以为自己的虔诚多多少少可以获得这个看起来眉清目秀秀外慧中的年轻法师哪怕一点点相识交流的机会，谁知这位师傅不仅如此斩断机缘，还丢下几句貌似充满厌恶的话，然后转身消失，丢下他一个人站在自己黑黑的身影中，一瞬间他比那师傅还要更深地厌恶起自己来，简直挪不动脚步。

他本来心情就不好，出门上山就是为了排解抑郁重获安逸，但现在一来，他更是羞愧满怀。尤其是这位师傅气度非凡令人神往，被他否定，自己岂不就是泥猪疥狗吗！

小伙子在那里足足站了十分钟，才有心力挪动脚步离开那里，也再无心思继续逛山，一路心神迷惘失魂落魄走下山去。

当然，人心一时间可以是脆弱的，但生活是顽强的，再多的不愉快，随着哗哗的时间和生活扑面而至，也就逐渐稀释淡化烟消云散。没多久，小伙子当然就忘了这件事，或者至少可以说，也就不再在意这件事。再次上山路过灵谷寺，本来最初也就很少进寺，如今随意看它几眼群树簇拥着的飞檐黄墙信步而过也是一件很坦然的事。时光飞逝，转眼五年过去，小伙子离开南京去了北京。同时也跟生活了十几年的女友分了手。又三年，这样就到了二〇〇八年底，他母亲突生大病，他又回到南京，以近在眼前的陪伴呵护他母亲的康复。他新处的女朋友也已来过多次南京，这一年春节一过，这新女友也从老家赶来和他一起陪护。这一天，他们出门，去南京另一座寺庙——鸡鸣寺药师佛塔为母亲点平安灯，路过灵谷寺时他女朋友就说："我们去过南京很多寺庙，为什么一直没有进这座灵谷寺呢？"既然她这么说，他决定等他们在鸡鸣寺点好灯回来时就带她进灵谷寺看看。

那天下着濛濛细雨。虽已初春，但气候还停留在冬天，又下雨，所以天黑得特别早，他们走进灵谷寺时，乌压压的夜幕已经被雨拉了下来。

灵谷寺的门开着，但里面黑洞洞的，一个人也没有。他们一走进去，就听见隐隐约约的唱经声，但举目四望，看不见任何亮灯的禅房，只有地上影影绰绰的几枚地灯，他们只能循声往前，声音越来越响，走近才发现声音从一个地下大厅传出，从楼梯口摇曳的影子就能感到大厅里辉煌的灯火。沿着台阶下去，一扇巨大的门洞，一转身，突然无比宽广的大厅展现在眼前。

殿堂的恢弘宽广把他们震住了。整个大厅大概摆放着上千个座椅，但现在人基本都走了，只剩下几个师傅在收拾整理，一两个师傅还坐在台上偶尔哼唱几声，从高大的音箱里传出他们的吟唱。墙边燃烧的蜡烛足有一米多高。很明显，这里刚刚举行了一场无比浩大的佛事。他们对佛门完全不懂，不知道这是什么重大节日，最后几位老太簇拥着一位师傅推心置腹地低声嘀咕往外走，他们也只能跟着他们重新走到外面。

到了外面，却见楼梯口上面，圆门的灯光下，一位老和尚弯腰拢袖缩在雨下，那位师傅和老太们从老和尚面前走过也没有和他打招呼，就仿佛他不存在似的。而这位老师傅，却始终伴随着颤抖而露出略显诡异的笑。

等人群全走过之后，小伙子拉着女朋友，并走近老和尚，问他："师傅，今天是什么日子啊？佛事很大啊！"

师傅见有人问他话，也不见外，甚至有种终于有人理他的暗自得意，他笑得更厉害了，头和弯缩着的上半身都更加抖起来，嘴和鼻孔一阵阵冒着白汽：与此同时他说了一句莫名其妙的话，他说："要我说啊，都是因为太贪！"说完这句又不再言语，甚至头歪过去，重新沉醉在自己的咒笑中。

小伙子和女友不能理解他这句放之四海而皆准的咒语，抬眼倒是瞧见他身后圆门里的院房灯火通明，并且院子的半空中好像有大面的旗帜猎猎作响，小伙子指着院里问老师傅："我们可以进去看看吗？"老师傅不屑地往里一歪，意思是"随便、请便"，于是他们就进了院门。

仅仅走到院里，从窗格子就看到房里堆满了各种白色物品，抬头看到刚才以为是旗帜其实是两条从楼上垂下来的绣着黑字的白布，突然明白，这，是个灵堂。是一个很大的灵堂。可是这死的是谁啊！如果不是一个人物，也不会在这座名寺专辟一整座禅院作为灵堂吧，门前这挽联也不会高达几丈从天而降吧？！这么想着，他们已经转向禅院大门，仅抬眼一看正门口巨大喷绘上昂首挺立的遗像，小伙子就惊得差点跌倒："天呐！"

没错，遗像上这位正是他八九年前在灵谷寺遇见、并拒斥他的年轻法师。

可是他这么年轻，尽管八九年过去了，遗像上的他除了更加轩昂从容，就没有过多的时间痕迹，那么，他这么年轻，到底是什么人物，竟被人如此悼念呢？！而他如此年轻，又如何往生了呢？！

他们顾不得细看堂内悬满四壁的挽联，匆匆回家，他甚至等不及吃完晚饭，端着饭碗就尝试着在网上搜索，不搜不知道，一搜，他越发惊呆了。

这位师傅法号净然，比小伙子还小三岁。自幼深受佛学熏陶，十八岁在南京栖霞寺出家，二十八岁从中国佛学院研究生班毕业。

几个月前，也就是二〇〇八年的十一月十五日，这正是小伙子的母亲查出肿瘤的那一天，三十二岁的净然法师荣膺灵谷寺方丈，成为这座寺院建寺一千五百年以来最年轻的方丈。

然而仅仅正好两个月之后，二〇〇九年一月十四日，他率团去台湾佛事交流，与本寺监院、五十四岁的纯如师父因为琐事起了争执，纯如怀恨在心，晚上乘他熟睡，用重达几公斤的台灯底座砸碎了他的头骨。

第二天早上，在大家找他们的时候，纯如从入住酒店楼顶跳楼自杀。

他在位正好整整六十天。

而这一天，小伙子和女友去灵谷寺看到大佛事和灵堂的日子，正是净然法师的七七之日。

令人唏嘘不已吧，藤野先生。但我真正要说的不全是这净然法师，而是这位小伙子。不过我知道你们听累了，请续上热茶暖暖身子，我们歇会儿再讲。

最初以为是接下来的几天，后来以为是几个月，最后发现是几年！这小伙子就像着了魔。网络的浩瀚在此协助了他的着魔。但这一切的动力还是来自于他的震惊和不能相信。震惊和不相信使他不停地甚至日以继夜地搜索查询。源源不断的资料一开始帮他解决了无数的困惑，同时又不断增添新的困惑。

我不想在这里详细复述他这个着魔过程中的曲曲折折反反覆覆，因为说实话太复杂了。我只能简单地理出他思路的大体逻辑。

首先，一切震动、追究的源头，毫无疑问都来自于净然的死。他的死因，和如此暴烈、与他出家人身份形成如此反差的死法。

而他的死最直接的原因仅仅来自于他和比他大二十二岁的下

级——纯如法师的争执。到底因为何事争执呢？仅仅因为纯如法师找不到入台签证、护照，净然当众斥责纯如："你连一本护照都保护不了，你还能做什么事！你以后不要出国好了！"

这和当年净然对小伙子的拒斥如出一辙，不仅极具攻击性，而且瞬间扩大打击面。他否定人的一点时，喜欢否定他的全部。正是这种扩大性否定，容易激起对方难以遏制的羞愤，也是导致自己杀身之祸的直接原因。

然而这种张狂和放任来自于什么呢？出家人不是以克己复礼为首要修养的吗？而他如此张狂和放任，又如何年纪轻轻却做上了这座名寺住持的呢？！

小伙子顺此追究下去，发现值得他关注的问题越来越多。首先肯定与净然的天性有关。他条件好，天资聪颖，童贞入道，天生丽质，年纪轻轻佛教最高学府毕业。但是天资优越并不是放任的理由，如果后天的教养培育有效跟上，才真正不会辜负这优渥的天资，使之成为人之精华。

然而追究到后天的教养培育，使小伙子面向了更为浩瀚的整个世界。

他了解净然十八岁出家的栖霞寺，以及与它类似的中国名刹的发展历史，尤其是近现代发展史。

了解他的剃度师辉坚长老。以及"栖霞三老"的另两位：茗山长老、本振长老。他们能从"文革"中存活下来，自然不是一般的坚忍，但晚年的急切使他们只争朝夕渴盼人才，为了他们亲手扶植起来的青年才俊迅速成长，他们对像净然这样的后辈宽容有加。宽容形成习性，即成纵容。

了解栖霞寺与灵谷寺的兄弟关系、主导关系。

了解辉坚长老众多弟子如今已遍任诸寺住持。

了解净然的坚实后盾——台湾佛光山开山宗长星云大师，也正是栖霞同门。

了解长老们对佛法片面扭曲的理解，尤其是对"直心是道场"的推崇，也在理解方式上纵容净然的尖刻和扩大攻击的天性。

了解净然的上任住持真慈法师（1928-2005）。

了解"凶手"纯如法师，推算出他的出家时间是在"文革"期间，这令人困惑。他在灵谷寺侍佛三十年，与老方丈真慈相处三十年，并多次出现在灵谷寺重要场合，但未获器重，最终被一个比他小二十二岁的张狂后生管制，这份羞愤由来已久，但并没得到周围长老的重视和妥善处理，因此酿成大祸。

还有一个奇特的现象：这些长老，包括净然，全部来自苏北。苏北成为僧人的高产故乡。这很可能因为这里早年过于贫困，出家成了众多贫苦孩子的一条生路。

但是出家为什么会成为生路呢？

了解近现代尤其是新中国成立之后佛教在夹缝中的畸形发展。

了解方丈的"终身制"。

他们的升座仪式，几乎还保留了很多古代帝王登基的威仪。

了解佛教整体生活方式与今天世人日常生活的脱节和封闭：建筑，服装，饮食，典籍，生活要求，几乎无不沿袭几千年来的传统，不仅打开的意识不强，更重要的，辨别、扬弃更少。

所有宗教大部分都延续传统，但在中国当代物质生活特别开放的语境里，佛教在其中就显得特别断裂。如果它既延续又扬弃，也能接受革新，比如基督教对自己教堂建筑的革新，这是一种好。另一种，它所处的社会主体也仍旧弥漫着传统，如此，像宗教这种传统比重更大的领域，也就不会显得割裂、脱节、畸零于外。这后一种，你们日本就是典范，藤野先生。虽然我们知道传统和现代的冲突和交融，近年来也经常成为你们争论的话题。

由此，小伙子发现这不是一个佛教的问题，不是一个年轻方丈的事情，中国传统与当代的割裂，可能没有哪个国家有这么严重并且不知所措。小伙子是这么认为的。何以曾经全世界最好的文化，如今几乎丝毫不需要呢？或者，是否需要呢？

现在，我们可以说到了两位藤野先生最初的困惑了：书法。在追究、了解的过程中，小伙子和你们一样，发现了那块碑上的大字，无论是书法境界，还是镌刻墨迹，都与碑身极不协调。搜寻之后，原来这块碑上最初并不是"灵谷深松"四个大字。这座碑原是谭延闿的墓碑，碑上原来刻的字是"中国国民党中央执行委员前国民政府主席行政院长谭公延闿之墓"，碑的左下角署"国民政府主席蒋中正敬献"。其碑身、书体都严谨地体现着民国对中国传统的继承。南京解放后，改朝换代，新政府也尤其喜欢让一切换新颜，于是将碑上的文字全部磨平，由当时的陵园管理处处长重书"灵谷深松"四字。

将碑上的字全部磨平，工匠在从事这漫长而细腻的工程时，一定有着别样的快感吧。

无论什么时候，即便是刚刚解放的时候，南京这块土地上都不缺最好的书法家，而他们认为一个官员更有权力为这块大碑重新命名。

当然我们要为他们题上的是这四个字而不是别的口号标语而感到幸运。

小伙子沉溺在这件事的追究中长达三四年，在这期间他对此警觉，不希望自己老是无缘无故就为这件事牵挂，于是他想到另一个问题：自己为什么深陷其中难以自拔呢？顺着这个问题他发现了一个更刺激他的问题：他发现潜移默化地，他心里始终烙着一层愧疚，对整件事、对净然的愧疚，他始终隐隐约约感到自己对这件事多多少少有那么一丝丝潜在的责任。他是这么想的：二〇〇〇年他遇见净然、被他拒斥之后，他清楚自己内心在羞愤的同时对净然怀着恨意，哪怕这样的恨意微弱，但他知道这恨意一直保持在自己的内心，一年一年地存在下去，每当他自我怀疑的时候，或者遇到一些挫折的时候，这件事就浮上心头，净然对他的不屑和轻蔑就在眼前浮现。他觉得，从事情的最后结果倒推着往上看，他这隐秘却长久存在的恨意同样也默默推动了这件事的发展。这么看问题可能自恋或过于自重了，但他一旦感到，就很难摆脱这个想法。有一次，他甚至还具体地说出来："我为什么要那么害羞呢？他只不过说了那么两句，我就要羞得呆若木鸡，殊不知羞耻心是更大的自视甚高。如果当时我更加坚强更加木讷，那我不仅不会感到他言语的伤害，甚至仍会和他攀谈，一次不行，下次再来，终有一天能和他成为朋友，那就有了更多的交流和相处，一旦如此，这些交流和相处一定能多多少少约束化解他的放任，至少在特别关键的时刻，我想我不会放弃执言相劝的机会。可是，这一切都因为我长年的恨意而埋葬。"

净然碎裂变形的头骨，喷溅到墙壁上的脑浆，荣耀巅峰的升座仪式，仅两个月之后他骨灰回归灵谷寺的飘雪寒夜，这一幕幕一席席，小伙子虽没有亲历，但一次次恍如眼前，也一次次加重他的自责。

他无法再在大学任教，他走不出这件事的探究。二〇一二年底，他住进一座寺庙，一边做义工，一边实地考察，同时希望在那里获得一个静心的环境，以便继续思考这些问题。但结果显然并不满意。一年后他又跑了很多地方，先是一些名山大川名寺古刹，后来又去多处深山老林，探寻那些没有太多人知晓的修行者，最终仍旧没有找到安身之地。只听说有一次在九华山，被中闵园一座小庵住持的诚心打动，在她们庵里住过半年。后来他还去过净然的老家，但好像也没有什么新的收获。

他是我的弟弟，叫刘孝文。

去年一月份，他托我帮忙，最终去了日本，一直住在清水寺。所以你说巧吗，藤野先生，你们今天来到了中国，而我的弟弟他去了日本。他刚到那里时，兴奋地告诉我："这里也有松涛阵阵。"去年我去京都，我和他空闲的时间不凑巧，就没有见面。但是从偶尔的聊天能够感到，他在那里并不愉快，一些他最初带去的困惑，应该仍旧没有解决。

谨此纪念灵谷寺开山1500周年

2016/5/12

黄 墙

这边是玄武湖，那边是紫金山。张茂这么指给小荷看的时候，发现紫金山正如它的传闻一样，散发着淡淡的紫色。他也这么告诉了小荷：你看，确实紫气笼罩。小荷盯着山的方向默默点头。因为不是第一次得到这样的提醒，她没有表现出夸张的惊喜。不过仍旧把头点得很重，以表示她对紫金山，或者也可以说是对张茂，的绝对尊重。

这是张茂第一次带小荷登上药师佛塔。当时是初春，说是初春，其实没有丝毫春天的迹象，冬天还是很强硬地控制着二月的中旬。但是天气很好，晴朗，阳光明媚，正如紧随上面一幕之后张茂所说：只有天气很好的时候，才能看到这样的紫气。

为什么要说"第一次"呢？真实的情况是他们就只登过那一次药师佛塔。同样（更？）真实的是，他们俩共同去鸡鸣寺，那也是唯一的一次。所以这错觉错大了。他第二次是一个人去的，跟任何人都无关，但是这一点他经常会忘记，他总是觉得自己哪怕是一件小事，也总跟至少另外一个人有关系。

不过对他自己来说，更不是第一次或第二次去鸡鸣寺。在和小荷去之前，他至少上去过一次或两次，这么说的原因是因为他已经忘记了第一次，即十三年前，他和袁薇从南京市政府——实际上是南京市新闻出版局——出来，国安局的那位女警官随口提出他们（他和袁薇二人）接下来可以去鸡鸣寺玩玩散散心的建议之后，他们到底有没有上去。那是个多事之秋，很多事确实来不及记清楚。

他不记得这第一次到底有没有进鸡鸣寺。但后来他确凿无疑地去过一次，虽然被动而偶然。那天下午他本是找朱磊，但后者正带着几个外地的朋友在鸡鸣寺喝茶聊天，接到张茂的电话后就让他也去，他就这么去了。

但他明白地记得这一次，他应朱磊的召唤去鸡鸣寺的这次，肯定没有登药师佛塔。他客随主便，就待在百味斋素菜馆听朱磊和那几个新疆朋友（只是在新疆工作的汉人）海阔天空地聊所谓的人文地理。而问题在于，二月中旬他和小荷登药师佛塔的时候，他明显感到他不是第一次登这座塔。他对整体环境、建筑的部分细节以及登上塔顶俯瞰的感觉，非常熟悉。也就是说，在上次（朱磊）和这次（小荷）之间，他必定还至少爬过一次药师佛塔，但是，他完全记不起来、甚至完全不能承认有过这次莫须有的登药师佛塔的经历。

不过这一切都没那么重要，他也只是就这么在心里随便一想而已。对所谓的廓清记忆细节或顺序，他兴趣不大。至少有一点是肯定的：这是今年，他第一次和第二次来鸡鸣寺。而且第二次其实就在第一次的次日。

这次日，天气就不好了。应该说他心情也不好。要不然他也不会一个人重上鸡鸣寺。当然他心情不好的原因有好几个。但都不方便说，更不方便发作。暂时跟父母同住，他不能随意表现坏心情。或者也没有发作的必要。相比之下，他觉得有些事、至少一件事，他还是很想去把它做了，以此也可无视并抹淡这郁闷的心境。这件事就是他要去药师佛塔为母亲点一盏太岁灯。而做这件事就必须重上鸡鸣寺。

他是打车去的。因为天气不好，心情也不好，他才不高兴考虑坐公交车七拐八拐辗转颠簸。用金钱换得的速度和高速公路两边的风景好歹迅速地让他回到自己，惬意而满足地感到自己重新的强大。强大到别人、外界的信息伤害不到自己，而自己，只需心情美满地思考思考自己一个人的死亡和终点，以及在这终点来临之前，自己还有什么值得一做。

阴雨天气实在是太符合南京了。似乎只有阴雨天，这座城市里的人才都活得像他们自己，才都按照人之所以为人的本分而默默移步。人本分了，南京真正的象征——树，才重新挺直腰板舒展枝桠，把人和街都拢进怀里，安静地承受头顶的雨滴。

和预料的一样，人很少。其实一路上、包括市区的街上人都很少，冷雨使繁忙而厌烦的人们根本不可能愿意用自己装点市容。天气还没有回暖，旅游的升温至少还要再等上一个月，旺季则至少还要再等上两个月，现在春假刚过，又雨，这一切使不是周末的下午成为淡季中的淡季。街上尚且如此，鸡鸣寺门前的售票亭更可以想象了。仅仅在昨天他还是一个和小荷一样的陌生的游客，但今天就不同了，他熟练地掏出五块钱买了门票，径直走进大门的牌楼，并向左边台阶上桌后的"检票员"用票换了三支香。尽管这样的熟练确实只需经历一次就能达到，并且对任何人都不是难事，但是当他握住这三支香的时候，他还是怀疑自己的老练是否有所夸张。很快地他把香藏在怀里，防止雨水把它们打湿。他想直奔目的而去，不准备把时间花在左转右绕、拾级而上不断遇到的菩萨、金刚、罗汉等等各种佛像上，但是他总不能如愿，一尊尊各种各样的佛像、一处接一处巧立各种名目以至于让人必须奉香磕拜的蒲团总是刺痛他的心。虽然他已拐进了通往天王殿的山门，但他还是重新回过来，给正对着牌楼的达摩始祖像安静地磕了三个头。想到昨天他也抱着直奔目的的心思，对达摩亭也只是匆匆扫了一眼，他更加肯定他现在的决定。为此他甚至庸俗地指责自己：人生不能直奔目的而去，不是吗？他这样问自己，答案不言自明，每尊佛像似笑非笑的表情都在给你明示。

　　不过毫无疑问他还是残忍地作了筛选，基本上只对主殿的佛像进行磕拜。否则他一下午磕上一千个头可能也不够。尤其是要拜完一座殿里所有的佛像他得绕着殿堂转圈，他觉得这是最主要的困扰。俗话再明白不过：心诚则灵，不必求全，不是吗？……但是在这个节骨眼上，似乎连他自己都不能对这问题给出肯定的答案，每尊佛像似笑非笑的表情似乎都在说：NO，NO。

　　说到底他还是直奔目的而去。尽管他可以保证，他每个头都磕得至诚至虔，每次双手合十默默祈祷时，都把对三个人的郑重祝福在内心字正腔圆地完整念叨。他完全清楚他从没有像现在这样磕过这么多头、并且磕得如此认真。但是尽管如此，他心里还是想着太岁灯，并且转眼就买了进药师佛塔的票。他蹬上台阶走近药师佛塔的登记柜台，直接向坐在柜台后面的两个女人说明了来意。她们很坦然地回答着他的问题，也就是灯的种类及其各自的功能。当她们得知他和他的母亲今年都是本命年，并且他母亲刚刚大病手术不久，她们一致赞成他点太岁灯的设想。她们询问、登记、释疑，言行举止中的礼数增加着南京人特有的热情，使整个过程就像是在办家事。张茂并不小看她们；可不能把她们看作跟她们脸上表现出来的一样的单纯。在这座塔下办事，比一般人更多地看到或想象悲欢离合，几乎是理所当然的事。这里没有对谁特别的尊重，也没有对谁特别的热情；这只是一桩生意。只是我们必须坚定地相信：这是一桩虔诚的生意。初春的寒冷，雨水对地面和树枝的淹浸，清涕在鼻头的垂吸，都恰如其分地烘托着这桩生意的语境。

　　年纪小一点的女人在本子上记下了日期、他母亲和他的名字以及他的电话，然后让他选号码，他一边递去四百元，一边问：号码就是灯的位置？女人说对。那我们得进去看看。他转过身看雨中的塔，塔门里药师佛盘腿而坐的莲花台和他捏着法器的手，身上因为顶部的琉璃灯的闪烁而变换颜色；佛像的身后和两侧，正是一盏盏微小的光明灯，这些灯光仿佛在摇动，就像一粒粒烛光，但定睛一看，其实它们都是一只只小电珠发出的静止的光。他想起昨天他和小荷在这里商量是否要为他母亲点一盏灯，当然最终犹疑占了上风，并且驱使他们下了山。然而回家之后他一直心神不宁，在信与不信之间做着挣扎，最终他决定不想受困于金钱对信念的伤害，他重新感到去做这样一件事，去做这样一件可能和宗教、信念、求人庇佑、甚至无稽之谈等等有关的事，实际上并不是去索取他人的力量，而仍是为自己付出力量创造机会。就仿佛当他用了力，他就融入了身宽体胖的药师佛，微小的自己成了他的一部分，供他所用。这样想来，自己为母亲的求佑所要付出的那些精神或物质上的代价，则因为切身而倍感值得。他随姑娘走向佛塔的园子，看见碑廊和香炉遮阳篷下吊着的满满的祈愿牌，立即朝右手边、也就是东边的碑廊看去，昨天他和小荷写的那块祈愿牌就挂在那里，不过它深深地埋在一堆完全一模一样的小木牌里，不走近去查找是不可能看见的。尽管如此，在千千万万密集的衷心祝愿里，他似乎仍能听见他和小荷的那块祈愿牌上的声音。姑娘领他面对药师佛左手边、也就是位于东面的太岁灯壁，对于这个方位他心里很满意。但没有溢于言表。他首先平视，然后微微抬头，他觉得这个高度符合他对渴求的判断。就这个，他指着他的目光对着的那个幽暗的、但即将被他的金钱和信念点亮的灯座。3266，姑娘凑近了用手指点着看，然后报出了这个灯座的号码。火柴盒大小的灯座里，那座看起来跟旁边千万个灯座里毫无二致、静默无声的佛像，即将成为他和他母亲的保护神。这小佛才是药师佛千千万万的化身之一，而他自己，充其量只是融入这小佛罢了。张茂这么想着，立即感到一股熟悉的悲观缓缓从他头顶落向他的于是他不由分说地在心里对自己说：……不管多么微弱，你还是通过小佛，向药师琉璃光王如来，付出了你的力量。这是事实。姑娘扶正了药师佛背后的一只插满绢花的花篮，然后提醒他回柜台写祈祷语。它们将被贴在 3266 灯座玻璃外罩的底端。

这灯马上就可以亮吗？明天，姑娘说，明天开始亮，直到明年，也就是 2010 年的二月，二十号，多一天。可是我明天就要离开南京。姑娘匆忙地抬头看了他一眼，然后又低头看手上正在打开的红色的写祈祷语的粘纸：都是今天申请明天亮灯……他点头，于是姑娘声音稍微高了一些：因为亮灯之前师傅还有些工作要做，法师要对佛灯开光……他再次点头，姑娘接着说：你可以下次回来的时候来看灯，可以带你妈妈一起来，凭这张灯号卡是可以免两个人的门票的……他双唇紧抿，深深地点头，表示满意和感激。

祈祷语可以由灯主写在他们的本子上，然后由服务员帮你写到祈祷纸上；也可以由灯主亲自写在祈祷纸上。毫无疑问他选择后者。他不希望自己在祈祷语的内容上多花精力，就写上了最直接也最通俗的祝福。在他写祈祷语的时候服务员把四十元找零和已经塑封好的灯号卡放在他的手边。他把钱放进大钱包，然后仔细看了卡的正面和反面的图文，最后把它放进小的名片包。

很明显，一切都办妥了，他转身的时候顺势转过头，看塔。我再进去看看，他对姑娘说。对他奉送的不必要的尊重，姑娘似乎受宠若惊：随便看的，没事。言外之意是你买了票你还客气什么。他重新向在幽暗里发着光亮的药师佛走去，一走进碑廊，那些祈愿牌重新提醒他向右边走去。他想到昨天他在内心也曾为要不要写这块祈愿牌而挣扎了一会。不过他没向小荷表现。倒不是因为一块祈愿牌需要二十元钱，也不是因为信或不信的问题，至于写祈愿牌这种少男少女的浪漫行径跟他内心的不符，他近来也逐渐可以容忍，真正让他犹豫的是，他不习惯跟别的女人做以前跟袁薇没有做过的事。这会让他感到对袁薇没有对现在的女人好……很快他就找到了他和小荷的那块祈愿牌，他轻轻地把它从它拥挤的邻居里拉出来，重新看上面他们俩还很新鲜的笔迹。似乎才仅仅过了一天，他就已经完全不记得上面的内容似的，现在他一个字一个字地认真阅读，试图把它们印在心里，以便在离开这里之后，自己还能把它们倒背如流。不，不能倒背如流。过分的流畅只能证明轻浮。只需要这些字以正常的顺序、正常的节奏、必要的轻重缓急，一个接一个地念出来。可是他现在看的时候，又觉得这些句子在昨天写上祈愿牌之后就立即全都记住了，现在重看，反而因为过分熟悉而看不进去。过分的熟悉就像很饱的肚子，拒绝着任何食物。但是他马上就知道这份熟悉是虚幻的、自欺的，于是他眼睛离开祈愿牌，测试自己是否能把这些句子全都背下来，事实即刻得到了证明：视线离开祈愿牌之后，他的脑海空空荡荡，心里面越是盼望升起诚恳的声音，诚恳的声音越是遥远。他不得不又重新对着祈愿牌，这次他先是把一口气缓缓地吐出来，听一听耳边的声音，感到它们并不能打扰他，这才从头开始念祈愿牌上的字。虽然没有发出声音，但是每个字他的嘴唇都根据它们的读音在动。

天比晴天黑得快。本身他出来得就迟，当时对到底要不要来还在心里作了一番斗争，最后还是不顾父母和小荷的纳闷，毅然决绝地冒雨出门，到了鸡鸣寺已经三点了。现在整个天色在雨中显出那种逐渐坠落的灰蓝，正所谓风雨如晦。他从药师佛塔的台阶下来就听见前面毗卢宝殿里传来轻灵的磬鼓铙钹和唱经声，他不禁加快脚步，沿着毗卢宝殿的山墙绕到宝殿的正门，只见众多尼姑列在毗卢佛像的两侧齐声唱诵，他猜想这可能正是僧尼每日必修的晚课。正门口和两个侧门口站着几个游客，既好奇又恭敬地朝里观望。他不敢走去正门，就在靠近自己的这边侧门站定，仔细地看众尼在并不明亮的大殿里唱诵。先前他听过和尚们唱经，现在女孩们的合唱更是玲珑清冽，婉转的长音像是柔软的玉带，在大殿的柱梁间盘旋缠绕，也挠拨着他的心。他一个一个察看靠近他这一边的尼姑们，发现竟然没有一个长得好看的。不仅整体上过分质朴无华，甚至有个别还显得五官不整。这不免使他惋惜。他想，侍奉佛祖是一件无上尊荣的事，需要人间精华为之倾倒，在众尼之中怎能没有艳惊四座的美貌呢？过分的质朴无华、歪牙裂嘴降低了佛法的品位，使普罗大众越发地看重佛法的庸俗功能：那些歪牙裂嘴不免使我们更多地想象他们在俗世的不如意，而遁入空门寻求整形的力量。佛法不该如此。他一边，虽然在心里对自己这样说，一边几乎是同时，也就宽厚地容忍和理解、甚至同情这一切。佛俗本同道，过分地苛求只是妄想。我们应该允许一切都慢慢地来。事实也正是如此：再次扫视这些女孩子的时候，也不难看出她们几乎每个人都蕴含着纯真和敦厚。再仔细比对，也能发现一两个稍有一些姿色，至少你看她们的眼睛，温和清澈，没有槛外之人眼睛里明亮的欲望之光。靠他最近的这个圆脸尼姑就是他看了两圈之后认为长得很不错的一个，他能听见众声合唱中她的声音，虽然没有任何特别之处，但是能够单独地听到她的声音。女孩们把清脆的声音压低而形成的绵延，跟和尚们把厚浊的声音压低而形成的厚重，虽然功效一致，但是感觉还是非常不同。女孩子们的声音唤人觉醒，又催人入眠，喝人止步，又送人过桥。磬鼓铙钹也很好听，他不禁转头看那三个分别敲着磬、鼓、木鱼的女孩，铙钹藏在众尼中，看不见。她们敲得多好听啊。每个重音都有一个或几个乐器提点、镇压或笼盖，就像一面绿湖上倏忽升起的颗颗珍珠，每一声都让人感到离死更近了一步，而这接近让人欢喜。在这稀薄而绵延的合唱声中，张茂不禁抬头仰望巨大佛像的脸，他因为含笑而更加圆润饱满的脸颊，使他看起来就像一个沉着的孩童，温和地展示着天真的威严。他的笑饱含秘密，又有些调皮，即便张茂侧视着他那正视前方的眼睛，他仿佛仍能看到它们在看着他。这眼神，既有轻蔑的威严，仿佛在空中轻轻抛下责问：你，还不驯服吗？又有慈祥的宽容，仿佛从底下慢慢升起和蔼的安慰：其实无所谓，你不驯服也不要紧，按你自己的意愿去过吧。他的手势，双手合拳，两只食指柔曲伸前，并且右食指稍稍高于左食指，——张茂猜想这个手势在他们的教义里肯定有着复杂的奥秘，而他所能感到的只有两个字：精妙。佛像所有的高光，都因为灯光、烛光和自然光的照射而闪着金光。不过他随即发现佛像的肩膀上仿佛蒙着灰尘，那应该是灰尘而不是因为像身陈旧褪色，他连忙查看殿堂其他佛器、吊灯和梁柱，它们却一尘不染，想了半晌张茂善良地猜测：打扫佛身，可能有个法定的时日，不是随随便便见尘就扫。而况佛心自净，俗间的尘埃玷污不了他。又或者，佛身自在，本该与民和光同尘共喜共悲，而佛在这些尘埃和悲喜之中也许还在轮回和升腾；而这，正是我辈无能之处。为了看清对面的尼姑，他必须弯腰把整个上半身伸进门里，伸得久了，他索性一只脚跨进门槛里，这样可以背靠门柱，省力多了。对面的尼姑也没有一个好看的，甚至好像因为距离稍远光线暗淡，连个丰满的都看不见。众尼中经常有人摸摸鼻子、扶扶眼镜、拉扯衣袖，虽然动作不大，但在队列之中也很显眼。对面靠门的这列站着四五个素人，有两个还是男的，一个老头一个小伙子。张茂不知道这是不是所谓的居士。但居士之前不是经常加上"在家"二字吗，他们也需要来寺中参加晚课？这些名目和行规委实复杂，他始终下不了决心或者说提不起足够的兴趣了解宗教，正是因为这些复杂的行规让他敬而远之。不知道一个行业的规矩和学问过于复杂深奥之后，是否会影响它的普及。这几个素人也不值得多看，精气神都看不出一丁点的佛缘，那两个男的甚至嘴都不动，想必充其量都是临时抱佛脚之徒。众尼们唱完了一段唱另一段，很明显这些课程都有固定的安排，但对于外人来说完全不知道她们在念什么。忽然，他认为那个长得不错的圆脸尼姑离开队列，边唱边缓步走向佛像前的香台，跪拜、奉香。她的跪拜真正称得上是五体投地，两手在圆座上手心朝上摊开，上半身完全仆倒在地，丝毫不顾高高翘起的大屁股，不过青灰色的僧衣似乎确实阻隔着欲望，尽管绷得很紧，也没有看到盼望中内裤的轮廓。她跪拜，奉香，依着唱经的节奏在前殿转圈，然后又跪拜，又奉香，又转圈，往返数次之后，她又几次走出对面的侧门，向门口台阶下的石香柱上奉了三支香，最后又手持一只小瓷瓶，边唱边沾瓶里的水在石香台沿上画字，每画完一字，手指都向外弹一下。做这一切动作时仍旧跟殿里众尼一样唱诵。门口的游客恭敬地看着她的每个动作，眼神里不免流露出丝丝的惶恐和臣服。不久之后，她回到这边的队列开始领队，对面则由刚才一直站在香台西侧的住持领队，两队同时边唱边在圆座的空隙间绕圈。两列尼众就像两条长蛇在乐声中逶迤穿行，在张茂面前由远及近，又由近及远。当这边的队列离他最近地穿行时，他得以一个一个地审视每个尼姑的仪容，也都短暂地听见她们每个人不同的声音，这感觉就像电影的镜头对一个流动画面的扫视。他看见那个圆脸尼姑重新走近了他，她走得还是那么悠然而沉重，唱得深情而淡定，脚步应着节奏交替，肩膀随着脚步摇晃，她的眼神仿佛看着他又仿佛看着他身后的门外，在走近他的那一刻，她突然随着节奏和摇晃向他摊开了右掌，随即掌尖向下指向张茂的脚，向他做出一个请他出去的手势，张茂顿时惊慌失措，低头一看，才发现自己不知何时两只脚都已进了门槛，他赶紧跨出高高的门槛，也不敢再把整个身子靠在门框上，只用手扶着，然后抬起满是歉疚的脸准备向她道歉，但是圆脸尼姑刚刚转过身体跟着队列向前走去，张茂看见她宽厚的背影一摇一晃，随即被刚刚跟上的光头挡住。他只能把视线垂向身体和门框的空隙，这才发现天快要全黑了。

寺院里黑灯瞎火，零星的灯光照得迅速下落的雨水闪闪发亮，他把手挡在头上轻快地奔跑，却被开光法物商店门口的保安叫住，说正门已经锁了，让他穿过商店下山。他刚走下台阶，就有一个老太乞丐向他乞讨，天已经这么黑了，还下着雨，乞丐还是非常清楚这里更能讨到钱。他想起唐丹鸿在一篇随笔里说到很多汉人乞丐涌向西藏，也是因为他们认为那里更容易讨到钱。他仍用手挡着头上的雨朝市府前路走，他知道现在时间并不晚，离他那天天把厨房当战场的老爹开饭差不多还有一个小时；而且更重要的是，在面临如何回家的问题上，他突然很心疼钱，连续一个月来的高额开销使他此刻心情紧张，母亲的医疗费无需赘言，交通费也哗哗如流水，前几天每天的打车费都要两三百。他盼望能把钱省下来。虽然可笑的是，省下交通费是盼望尽快能够买车。而况他想起这里有班公交车很方便，这里离起点站也不远，现在下班高峰也快过了，他愿意坐公交慢慢摇回家。这么想着，他快步向公交车站走去，黑暗中又传出一个妇女的声音：小伙子算个命吧！他像刚才对待那个乞丐一样别过头去，同时嘟囔：我的命是你算得出的吗。由于他走得快，声音也不高，估计那个妇女只听见了前三个字。

随着车身缓慢地摇晃，他空空地望着对面街道湿亮流淌的灯火，脑海里突然映现那个圆脸尼姑向他摊开的手掌，这时他发现它是这么白，这么软，把他拒到门外的这个动作是这么柔美。同时他还想起她摊开手掌的那一刻，她没有停止唱诵的脑袋还微微地向旁边一歪，显出一副既无奈又强硬的样子，就像某个卡通片里的某个表情。目光恍惚地落在车窗顶上的广告时，也许是小广告牌上的字提醒了他，他突然悔恨自己为什么没有把他和小荷的祈愿牌上的字抄下来。如果抄下来，不管能不能记住，也都不会担心了，毕竟这些字都揣在口袋里了。不过这件事就让它过去吧，如果真为此寝食不安，大不了明天再来一次。他使这件事在脑海里急速地淡出，一段长久的黑屏之后，他不再责怪漂亮的尼姑不多，大家都不好看，如果弄一两个特别漂亮的进来，难免出各种各样的乱子。且不说尼姑和妓女最容易激起爱欲并生出矛盾，即便仅仅寺庙内部，也容不得漂亮的尼姑，美貌必定会多生嫉妒和怨恨，而嫉妒和怨恨又是生成大乱的引擎，若是这样，换谁做住持，都宁愿来一堆虽然丑一点、但更能够安心侍佛的女孩子。他视线穿过一直抓着他旁边的扶栏的手，看见这只手的主人竟然是孕妇，他连忙站起来：对不起对不起，我一直没看见……孕妇连声感谢，一边摸索着坐下。他移动两步，在离她、也就是刚才自己坐的座位稍远一点的地方站定，但还是没有控制好，在转头的瞬间目光还是扫过了孕妇，而孕妇也正朝他看，不过他立即调整好自己，从容地向她歉疚地一笑：对不起，刚才我真的没看见。

2009/10/29-11/15

神 偷

三十年前，有一个小孩，还是小学生，读三年级，吃过午饭从街上往学校走，去上下午的课。那天阳光明媚，时值中午，又是春天，所以可以说是春光明媚，小学生心情很好，一路走一路小跳，估计心里已经唱："春风吹，阳光照，红领巾胸前飘"，说到这个，他的好心情确实与红领巾有关，今天，他刚刚换上了一条新红领巾。他本来对红领巾没什么感觉，和其他人一样，每天也就把戴上它作为背书包前的一个任务（要是忘了就会受到严厉的处罚）。但今天不同，崭新的红领巾让他发现：红领巾真好看啊，这么鲜艳，这么亮，这么红，特别是当他走到外面，阳光又这么亮，而且自己正好穿着白衬衫，原来在这雪白的颜色上面，红领巾可以这么红。他顿时为自己是个少先队员而骄傲，这种骄傲以前还从来不曾有过。他感到自己的脸和心，都被红领巾映红了。他心情好得不能再好，边走边跳，双手甩得老高。

他就这么一走一跳一甩一甩走过半条街，不过他还是很懂安全，一直贴着马路边上走。走到西溪桥墩，他甩着手，左一下右一下，一步走过去之后，他甩起的右手带起了一颗东西，他还没来得及抬手看是什么东西，马上就想起刚才路过的是糖果摊，同时手很快一握，确定，是糖。他没有往后看。确切地说他没有往任何地方看，他来不及做任何反应，只保持继续往前走的步子，虽然是一个小不点的糖，但这一切来得太快，他没想到还有这么巧的事，自己都没有意识就能带到一颗糖，但别人、那个老婆婆没有发现吗，我要不要还回去？还回去别人会相信吗？……一步之间，上面这些内容全部闪进脑海，就在他还不能想到更多时他突然听见身后有个女人说："妈，刚才那个小孩偷了一颗糖……"他心里顿时咯噔一下但仍旧没有停住步子也没有加快速度，就好像明知子弹飞过来但不逃也不退只等死的白光把自己罩住。随即，老婆婆的声音传来："啊？什么？没有吧？""是的，肯定的，我肯定！那小孩偷了一颗糖！还在他手上！"他听见身后窸里窣落移动、追来的脚步，紧跟着听见老婆婆喊："诶——！小朋友你站住，你过来……"声音由远及近已经到了背后，他站住并乖乖地转过身，老婆婆抓住他的肩膀，同时抓着他的胳膊举起来，他很老实地摊开手，手上那个没有糖纸、黄黄的东西，实实在在地蹲着，像颗小石子，阳光没有把它照得更亮，也没有把它照得透明。

"来，来。"老婆婆把他往摊子那里拖，声音显得笃悠悠，显出反正已经收回了糖、抓住了人，用不着再急。但事实上他又听到她急喘的呼吸，还有点抖。但总体上又不急。那个首先叫出声的女人也一个箭步跨过来抓住了他，她们一人一边抓着他的肩膀，把他拖到了摊子边。说"拖"其实不对，因为他并没有反抗，他很顺从，他是个胆小的孩子，他知道如果再跑的话，罪就更大了，也就更证明自己是小偷了。但是，现在跟着她们走过去，难道就不是小偷了吗？他还没来得及想更多，已经走到了摊前，"来，你站好噢。"老婆婆声音还是在抖，手框着他的胳膊外面、以他为圆心往摊子里面移，一直移到她原来坐着的椅子上重新坐下来。这时他身边已经自动地围上来几个人。老婆婆稍微平息了喘息，他早就低着头，除了自己的脚尖，别处什么也不敢看，而且他知道自己的脸已经涨得通红，他能看到自己的脸蛋大了一圈。他知道老婆婆在看着他。他旁边围着他的人也在看着他。老婆婆大概终于平息了喘息，然后轻声细语地说："乖乖隆的咚，你这么小小的年纪，你这技术得了哒。"他听见老婆婆说完这句，呼吸又急促起来。他想把头埋得更低，但下巴已经抵到了胸，没法再低。他甚至想哭出来，流出眼泪，而且他是真的想哭，因为自己确实没有偷，他被冤枉委屈他该哭出来，他感到哭出来应该对自己有利，能够让这些大人原谅自己，可是该死的眼泪一滴也滴不出。他越想哭，眼睛却越干，只是和脸一样胀得很热。为了弥补没能流下眼泪的缺陷，他只能把嘴抿紧抿得鼓鼓的。身边的人群有的已经了解了情况，发出惊叹，有的还不了解情况，在轻声询问，老婆婆开始细说原委："你看看这赤佬本事还得了，走路随手一抄，就带走一颗糖，无声无息，水上漂啊。"这一下所有人都发出惊叹。他感到头顶上齐刷刷的眼光重重地压过来，他差点跌倒，为了抵抗跌倒，他突然挺了一下腰站得更直，但他马上意识到这么挺直会让老婆婆感到是一种反抗，所以他很快又松弛下来，再一次更深地埋下头、抿紧嘴。他现在想起了一句话"想找个缝钻进去"，这是以前课堂上老师说到的，现在他完全理解了。他现在就想突然消失。让他奇怪的是后面这些人惊叹之后一直安静，没有责骂、嘲笑。等了一会儿他想：他们可能在继续琢磨这"高超的技术"到底是怎样一种高超。

"你给我站好噢。"老婆婆说。现在她声音完全不抖了。有几个人啧啧惊叹着离开，后面的人立即占据着他们的位置，在更好的角度围观审讯。"你给我站一下午。给我看店。"人群觉得这个主意好，有个声音说："小赤佬技术这么好，别的小偷只要从这里一闪过，他一定能提前看出来。"他埋头听着这些，并不感到这些话更重。他只希望他们把他们想说的全说出来，随便他们说，他不会动一动，不会发一个声，等他们全部说完，总有结束的时候，只要不打他，没有其他更重的事。比如，学校，不要把我带到学校老师那里去……

"你几年级了？"果真逃不掉。老婆婆开始深入盘问。

等了一会他回答："三年级。"他说得很低，下巴抵着胸也不方便声音说高。而且他觉得低声更适合。老婆婆果真没有听清："几年级？给我说清楚！"

他轻微地动了一下，方便稍稍抬起下巴："三年级。"

"三年级，"老婆婆重复道。他知道她马上就要说："三年级，这么小年纪你就成了小偷！而且偷的本事这么大！"但是老婆婆却没有再说话。安安静静的。这时那个首先叫出声的女人从店里出来拿了什么东西又进去，同时甩下一句吼叫："叫他父母过来！赔钱！"这个声音撞进他耳朵的时候，具体地说，"父母"这两个字特别是"妈妈"撞进他耳朵时，他再也憋不住了，一下子喷得哭出来，但仅喷了一声，也许是听到自己的声音，后面所有的哭又全被吓得憋了回去，而且眼泪仍旧一滴没有流出，这更加让他重新恢复到不哭的样子，他只能重新抿动了嘴。

听到刚才女人的吼声（现在她已经回了店），人群开心地哄笑起来，同时竟然开始散去。他不知道为什么他们这么快就都散去。他担心的危险这么快就少了很多。但马上他发现，观众全部走完之后，现在他单独面对老婆婆的处境并不更好受。他不禁重新打起精神把头再次埋得更深。他必须把罪犯的样子表现到最后一刻，直至对方放他走。然而在这之后，在人群散去、只剩下他和老婆婆两个人单独面对之后，老婆婆一直都不再说话。他不知道她在做什么。不过除了一直盯着自己，她不可能再做别的。这是新一轮考验，他仍旧不能有丝毫松懈。他站得笔直，头埋得不能再低，甚至双手中指紧贴裤缝，就像体育老师要求立正那样毕恭毕敬。后来他听到老太的椅子响，然后窸里窣落一些小零碎响，紧跟着她朝里屋叫："月琴，小剪刀在哪里？"过了一会里屋响起了嗡嗡的叽哩咕噜声，听不清楚。

但是他分明听见了剪刀。老婆婆是要在我耳朵上剪个记号吗？他曾经看到村上锁英大妈就这样在她家三只小羊耳朵上都剪出一条口子，以方便与邻居家的小羊区别开来。现在她是要在我耳朵上剪个记号，让全世界的人永远一眼就看出我是小偷吗？但是他并没有因为想到这些而颤抖、害怕。比起害怕，既然他已经被捉到站在摊子前，他已经没有别的想法，只希望老婆婆一家想骂想打的都尽快到来尽快结束，只要这一切都结束了，他离开这里，一切就摆脱了。

在一阵很久的安静之后，老婆婆又开始发话了："你家是哪里的？"声音又变得一开始那样轻细。但这个内容是让他害怕的。报出自己村名，她会不会认识村上的人，甚至，她会不会认得妈妈？

"是村上的还是镇上的？昂？"她在最后加重了语气。

他动了一下，头稍稍抬起，一字一顿地回答："村、上、的。"

"哪个村的？"

"龚、家、庄。"

"龚家庄。"老婆婆重复道。没有作声。但紧跟着，"你爸爸妈妈叫什么名字？"

他不禁又动了一下脚趾头，他看到鞋尖被顶得鼓起来。

"你爸爸叫什么名字？昂？"

"龚瑞明。"他知道这个声音只有他自己听见。他知道老婆婆肯定还要再问，但她并没有再问，而是接着问："你妈妈呢？！"

被问到妈妈，他突然又控制不住喷哭出来，又同样立刻止住，没有继续哭下去，也仍旧没有流出眼泪。他发现自己这些样子多么像一个会装的坏人、小偷啊。他不禁为此担忧。他已经不知道该怎么办了。但他又感到自己应付得这么好这么，熟练？自己这样不是正告诉别人自己是惯偷、是经常被人捉住审讯的坏人吗。他应该从一开始就哭起来，放声大哭，然后在哭声中告诉老婆婆和所有人真相。就像做了坏事被妈妈打那样。但现在一切都来不及了。现在还有可能跟老婆婆说明真相吗？她会信吗？她肯定还要说我抵赖、不承认错误、错上加错，要受更重的罚。而且，刚才那么多围着看的人，已经都知道他是小偷了，就算他现在向老婆婆一个人说明白，他也没办法让全世界都了解真相了。

在这期间，老婆婆又很长时间不说话，时不时发出塞塞窣窣的声音，椅子响，然后她甚至走回屋子里，留着他一个人站在摊子前。这肯定是对自己新的考验。我是不会逃走的。既然我并不是小偷，我更不会逃跑。……但是，我站在这里，不正是说明自己是小偷吗？身后街上始终人来人往，但好在现在没有人注意站在摊前的他，没有人知道这件已经开始了很久的审讯。但是老婆婆一家等会儿会不会再次叫喊，让全街的人全部围过来？

老婆婆重新从屋里回到椅子上坐下来，又是很久不说话。他很担心马上要上课了。他担心迟到，被老师责罚。这时老婆婆突然说："下次还偷吗？"

他连连摇头，摇了几下，感觉为了表现出诚恳，他把头慢慢地摇。

"下次你再敢偷，"她的声音又显出那种笃悠悠："要是再被我看见，打断你的腿！"

可能她觉得说得不全对，又补了一句："剁掉你的手！"

他保持着毕恭毕敬挨训。这些都是应该的。必需的。只有这些应该、必需的喝骂全部倒完，他才可能离开。

可是老婆婆又回了屋里，还在里面和她女儿又说了几句话。他仔细听，虽听不清说什么，但能听出来不是在说他。

等老婆婆再一次从屋里出来在椅子上坐定不说话的时候，他在心里叫道："还有什么请尽快赶紧扔给我吧，你还要折磨我到几时……"

"这次我饶了你，你走吧。"他怀疑自己听错了；等到确定老婆婆的声音是这些字之后，他仍旧站着没动：这分明是最后的考验。我必须把诚恳表现到最后的最后一刻。同时心里还是升起了感激，老婆婆毕竟还是那个老婆婆，以往无数次走过桥头看到她，都觉得她跟外婆长得很像，而且眼睛和嘴比外婆还亲切……

"滚！"突然，他听到了这个字。虽然顿时脑子里轰了一声，因为还没有人对他说过这个字……但他还是表现得很呆滞。他默默抬头，看了老婆婆一眼，应答了她的驱逐，然后慢慢转身，重新向桥上走去。

下了桥，在三岔路口，他想都没想就拐进了农具厂后面的小路。这条路也可以通向学校。它左边，农具厂围墙结束之后，就是一户户居民，右边是大河，河对面就是学校，但要这条路走到头，才有小学桥，必须从小学桥上穿过去，才能到对岸，然后右拐，才能到学校。

他走进这条小路，是想躲开街上的人，他担心街上的人刚才都看到他被罚站在糖摊前，都知道他是小偷。他走在这条安静的小路上。几乎没有人。大树沿着弯曲的河岸成排笼罩，新春的嫩叶被正午的阳光照射，投下来的阴影像娃娃的肥手，在地上和他身上轻轻摇晃。他一直走到小路的深处，虽然担心要迟到但他还是站住了，现在，他被胸前的红领巾刺得疼。它太亮了。白衬衫也太干净太亮了，他恨不得在河边挖几块泥泼在白衬衫上。但那样更醒目更引人注意。他其实想要安安静静的脏，脏得不显眼，不被人注意。但一时半会不可能让白衬衫变成全部的脏灰色。情急之下，他扯松了红领巾，使它歪斜、松懈地挂在脖子上，又抓着它的边角使劲揉，把它们揉得皱巴巴，使它尽量地旧下去，暗下去，随便、马虎，与它的崭新一点儿也不相配。这样看了一会，他觉得好了一些，然后转过身，向小学桥狂奔起来。

很遗憾这个小孩长大之后没有真的成了小偷。也没有变成什么优秀人物。甚至在这件事不久（大概两三年）之后的整整一生，他就一直忘记了这件事。他真的忘记了这件事，不再记得它，也没有对任何人说过这件事。他妈妈不知道，他哥哥和姐姐不知道。他所有的其他亲戚不知道。他老师同学不知道。两三年之后因为完全、彻底忘了这件事，他后来的老师同学更不知道这件事。长大之后他女朋友不知道。后来他妻子不知道。他的女儿也不知道。他女婿当然更不知道。

他的同事、朋友，没有一个人知道。他的外孙不知道。他的学生不知道。

其实是他自己都不知道不记得了，怎么可能还有别人知道这件事呢。

他在一个中学教化学教了一辈子，后来，和所有人最后一样，他死了。

终年七十三，和当时国民平均年龄相当，不多，也不少，没有一点特别。

这件事没有对他的生命造成任何影响。

2015/9/22

群 魔

两边各种路上都是人，甚至麦田里也有人，感觉整个村子都出发了，大家都奔向利恩茨，像一艘艘小船，鼓足马力急速前进。这情势逼得卡夫卡更快地跑起来，但他无论怎么用力，内德维德还是离他越来越远。他哭出声来："哥哥，等等我啊！"

内德维德破天荒地停下来，回头看着卡夫卡，甚至伸出手去接他伸过来的手。他看着弟弟前倾着身子向自己扑来，头发在圆脑门上一跳一跳，顿时感到自己的弟弟还是有那么一点漂亮，至少不像茨威格的两个弟弟那样邋遢，为此他心里升起一点小骄傲；这种感觉虽然很少出现，但他并不陌生。

等他挽到卡夫卡的手，让他和自己并排走着的时候，卡夫卡央求："哥哥，等会儿你能不能抱着我，要么托着我，让我也能看到。"

内德维德想了想，哀叹着说："都不知道我自己能不能看得到！"

不过他立刻说："一定有办法的。实在不行我就是搬块石头垫着脚，也一定能看到。"

大家都知道死人现场并不在利恩茨，只在去利恩茨路上的打麦场，那里离杜伦斯坦不到两公里，还不到杜伦斯坦到利恩茨的一半。可能也正是因为它离杜伦斯坦更近，所以全村的人都出动了。

但是说"全村人"肯定是不对的，卡夫卡想。那些已经不太能走路的老爷爷老奶奶肯定还留在家里。还有那些正忙着做事的人，比如多丽丝大妈，艾尔大叔，小洛夫，他们成天忙到晚，肯定没有去。但是路上的人真多啊。有的人跑着；走着的人也走得很快，唯恐晚了什么也看不到。

"哥哥，"每当这种被哥哥搀着一起去一个地方的时候，他就觉得哥哥特别亲，"哥哥，等会儿要是我看不到……"

"好啦，烦死了，"内德维德叫道，他什么都不能保证，身边这么多往前飞奔的人同样让他紧张，而且肯定还有更多别的村子的人也都赶到了打麦场，大人们都不是省油的灯，肯定已经挤得水泄不通。要找到一个好的空档和角度肯定不是容易的事，而自己身边还有个弟弟……当然现在他也不想把卡夫卡看作小累赘。卡夫卡也没带来太多的麻烦。只是他多多少少给内德维德带来责任，爸妈不在家，尤其是他还带着卡夫卡出门，他做哥哥的就必须成为他们共同的保护神。

　　"那个人叫什么来着？尤里乌斯？瓦茨拉夫？"克莱门特没话找话，卡夫卡记得刚才就已经有人不断说过这个问题。"我一点也不认识这个人。"克莱门特声音中带着困惑和埋怨。

　　"尤里乌斯·胡萨克，"内德维德说，"我们村认识他的人很少。"茨威格立即表示赞成。内德维德又说："我和茨威格以前到利恩茨钓甲鱼时见过他。"茨威格立即沉稳地应答："是的，见过他。"

　　卡夫卡抬头看了哥哥一眼，哥哥阐明事情的权威让卡夫卡感到自豪，这时他从下往上看到哥哥盯着前方坚毅的目光，他高耸的鼻梁更让卡夫卡感到一种坚不可摧的力量，他感到哥哥就像一艘军舰，把他牢牢地圈在船舱中央。他不禁更加用力，像士兵那样迈着正步。

　　"到底杀了几个人啊？是他自己死了，还是他杀了人逃走了？"

　　这一次，内德维德和茨威格都没说话。倒是后面的贝多依齐说："他用钉耙把他老婆打死了，然后自己又自杀了。"

　　这个信息也不新鲜。之前各种说法也包括这个说法。卡夫卡更愿意想象那么多说法中最刺激的：那个人杀了五六个人，然后逃走了，社房里里外外横七竖八躺满了尸体。也就是说，这个杀人犯现在不知道在哪里。警察正到处搜捕这个要犯。想到这里，卡夫卡不禁朝两边麦田里的人群看，既担心、又希望自己是第一个突然发现那个杀人犯正在人流里穿行，甚至挥刀飞舞，砍杀村民。

"哥哥，如果到时我看不见，你能不能把我扛在你肩膀上，哪怕只一小会儿？"

内德维德没有低头，但眼睛斜下来看着卡夫卡的圆脑门，这颗大脑袋正被它底下两支小腿顶得一晃一晃向前移动，像一只大皮球在黑河水上义无反顾地往前漂浮。它趾高气昂的样子让内德维德又气又爱，恨不得一拳把它砸到它两只脚中间。

突然，黑压压的人群就出现在前面，大伙儿几乎同时停了一下脚步。随后他们立即看见了被人群包围的社房。那就是尤里乌斯·胡萨克平时居住的房舍。根据事发后各种说法的拼贴，这其实也不是尤里乌斯的家。他在利恩茨有家，但家里的房子又破又旧，利恩茨村为了照顾他一家生计，让他做打麦场看管员，住在打麦场的社房，还有工钱拿。从此他们就长年住在社房，家几乎不回了。

大家停了一下之后，突然一个激灵，"快！"立即朝社房狂奔起来。卡夫卡瞬间被内德维德拖得直跑，就像一只小蝙蝠。可是他怎么跑也跟不上大家的步子。内德维德非常着急，眼看着别人从身边超到前面去，他急得直哑嘴，回头一把抱起卡夫卡跑了几步，又把他放下然后顺势蹲下："快，背你！"卡夫卡机灵地往哥哥背上一跃，内德维德背着他就往前狂奔。

到了社房边的人群，内德维德把卡夫卡放下来，气喘吁吁地拖着他，一边拨拉着人群一边继续寻找能看到现场核心的位置。玻尔兹曼、哥德尔、克莱门特他们都弓着腰往前跑。突然，内德维德停住，卡夫卡也立即刹住脚，他甚至感到哥哥停住的脚猛地往后退了一步。他向社房抬头，顿时惊愕得张开了嘴，整个身体也被社房推得向后退：社房朝向他们、也就是朝向路这边的大窗子里，歪斜地吊着一个人，这分明就是那个尤里乌斯·胡萨克；一根粗布绳从房顶上垂下来扣着他的脖子，绷得笔直；胡萨克的头歪向一边靠在绳子上，卡夫卡立即追寻他的嘴，但他的嘴没有像想象中和书里描写的那样张开着，嘴角也没有血迹。他安静地挂在那里，一动不动。他尸体后的屋里昏暗，就好像窗外的日光是专门为了来照亮他的灯光。他尸体后面，社房右侧的门口，门外的日光正好照亮地上另一具尸体，散乱在地上的长卷发和花短裤很明显显出这是个女尸，但她的头脸和肚子、胸脯都盖着一团团脏乱的衣服，不用说，她就是吊着的男人的老婆。女人趴在地上的腿光着，也没有穿鞋，腿脚这里一片灰暗，感觉她的脚很脏，沾着泥，可能还有血。

卡夫卡好想看到这个女人头上身上被衣服盖起来的部分。那些地方肯定被这个上吊自杀的男人用钉耙砸烂，弄得血肉模糊。肠子可能都流出来了。但他们为什么一定要把那些地方盖起来呢。肯定还是太血腥了。但就这样胡乱地用衣服盖起来，不怕破坏现场吗？那些被砸烂的地方，伤口，不需要化验吗？是谁——这还用说吗，肯定是警察，把它们遮起来的。在我们到来之前，已经发生了多少事啊！卡夫卡想。警察们、大人们已经做了多少事。命案到底是什么时候发生的，又是谁发现并报案的呢？第一个看到的人是不是吓坏了？但又好刺激啊。卡夫卡想。他好想见到那个第一个报案的人。不知道自己什么时候能够第一个发现一次凶杀现场。

他低下头，发现自己已经抓着一条粗麻绳拦起来的栏杆。之前确实已经做了很多很多事。我们都来晚了。所有事我们都只赶得及看个结尾。以前也是这样。所有事我们赶到时都只看到一个结尾。这些粗麻绳勒在一根根木桩上，木桩顶上被锤子砸出的裂痕和木屑都还是新的。绳栏箍着房子四周，但房子其他三面都在麦田里，所以实际上只有田埂这一面可以观看。也偏偏争气，在田埂这一边就什么都能看到。而且田埂足够长，左右很远都能看见这个吊着的男人。没有人跑到田里，去看房子的另外几面。但女人躺倒的门外的麦子被踩乱很多，估计那是先前警察踩出的足迹。

他不禁抬起头，重新打量窗口吊着的这个男人。虽然有点怕，但还是想看。再说有栏杆，还有这么多的人。他肩膀歪着。与头歪着的方向相反的那边肩膀高高翘着。他的腿脚被窗下面的墙挡着，不能看见他脚是否悬空离地，或者踩在什么东西上面。他的脸黯黑。还有，卡夫卡现在才想到他一开始就发现的感觉：他觉得这个人好矮，一个大人，竟然就像小孩子一样矮。难道人吊起来之后，都这么矮吗？

"他上吊前还抽了五支烟。"卡夫卡听见旁边一个满脸络腮胡子的人说，"警察的照相机把他前面的动作全拍出来了。"

"还拍到了两颗牙齿。"另一个声音说。

"一钉耙砸碎了后脑勺，后来又补了一钉耙，钩在她肚子上。"

"警察的照相机真神奇，什么都能拍出来。"

突然右边人群一阵骚动，卡夫卡吓得连忙朝那边看，随即又朝窗口看，担心是房子里的尸体有什么动静，同时拨拉身边大人的腿找内德维德，"哥哥，哥哥——"他叫起来，到处乱糟糟的身影却看不到内德维德，这时突然听见前面的骚动更大，然后一个声音吼道："让开让开！"紧跟着他看见几个人被挤得滚下田埂、在麦田里踉跄，其中就有内德维德和茨威格。卡夫卡立即大叫："哥哥！哥……"正准备冲下田埂去和哥哥一起，刚才那个猛吼的人已经拨开人群走到他面前，特别高大，卡夫卡一下子整个儿被他的阴影覆盖；他身后还跟着几个人，听见卡夫卡在大叫，他猛地朝卡夫卡扬起宽大的巴掌："叫什么叫！！这么多小孩都跑来做什么？死人就这么好看？！功课都做好了吗？！看了死人考试能够考得更好？！"卡夫卡仰着身子躲着他的巴掌，后背紧紧靠在麻绳栏杆上。不过那个人并没有挥下他的铁扇，只把那只宽大的手扬在半空，吼到后面两句时，他已经转向他身后刚刚走来的方向，好像他需要让更多的人听见他的训话。随后他放下手，把它重新插在风衣口袋里，气呼呼地哼了一声，大踏步向前走去,前面的人群迅速闪开,顺着这个空隙,卡夫卡看见田埂尽头,一辆镶着银边的马车在静静地等着这位警官。

不等人群重新聚合,卡夫卡快步跳进麦田,扑到内德维德身边,挽住他的胳膊。内德维德盯着刚才那个警官走去的方向,转过头对茨威格说:"妈的,到处都有人管我们。成天功课、功课。"茨威格被他说得笑起来,笑得肩膀直抖。

他们重新走上田埂,跺着脚上的泥。茨威格说:"也不知道这家伙,"他下巴扬了扬,指着社房,"尤里乌斯,也不知道他们家儿子现在在哪里,现在两个大人全死了,儿子以后也不要做作业了。"说到最后声音里充满羡慕。

大家又都盯着社房看。不过现在卡夫卡被人群挡着,他只看到很多大人的腿和腰。他估计内德维德他们现在也不能看见社房。这时,打麦场上喧闹的人声中突然传出一串手风琴的乐声,就响了这一串然后没了声音,打麦场上的人群一阵哄笑,随后那里的喧闹声更响了。

"几个村的妖怪了都来了。"内德维德说。他们都踮着脚尖朝那边看。

"那个好像是德沃夏克?"茨威格歪着头指着打麦场,一副不屑的样子。刚放下手,又突然说:"诶,那是蒂罗尔村的贝多依齐?穿格子裙的。"内德维德伸着脖子看,咧着嘴,轻轻地、但是不停地点着头。

"走,我们过去看看。"卡夫卡赶紧拉住内德维德的胳膊跟着他跑起来。

他们走下田埂，在麦田里抄近路向打麦场走。就在这时，手风琴的乐声重新响起，这一次没有中断，乐声完整地流泻出来，节奏欢快，打麦场上的人欢笑着，很快就拉成圈踢踏着跳起舞来。

"不容易聚到一起，我们今天跟他们玩通宵吧。"内德维德说。

听到哥哥这么说，卡夫卡不禁抬头看已经黑下来的天，天空深蓝，一弯新月像银亮的镰刀镶嵌在蓝空，它尖尖的角让卡夫卡顿时想到尤里乌斯的钉耙……

"反正警察已经走了。"茨威格响应着。

"但那里还有一个管理员。"玻尔兹曼小心地指着社房绳栏那边。

大家停了一下，内德维德回头只看一眼，"哎呀，怕他个球啊！他不就是利恩茨的村医小熙康吗？！"大家全笑起来。"你等着瞧就是了，"内德维德一边迈着大步一边接着说，"等会儿篝火点起来，麦子烤熟，小熙康自己都会来打麦场跟着跳舞。"所有人都笑起来，更加摇头摆尾走向打麦场。

"早知道我们也把我们的鼓带来了。"茨威格说。

内德维德没说话，似乎也有点懊恼。但没多久，他说："下次吧。下次吧。"

2015/9/28

长 鞭

马戏团在学校表演的时候出现了失误。不过别担心，这不是那种造成人身伤亡的事故，虽然在演出过程中，确实出现了绕场奔跑的马蹄差点踢到前排学生腿脚的情况，但在团长广播急切提醒和教师及时调整前排学生座位，以及毋庸置疑地，演员也让人不易察觉地缩小奔马的圆圈之后，这一最初的惊险最终甚至把整个演出推向一个新的高潮。

这是一个非常隐秘的失误，除了两位正在表演的演员，甚至就只有一位小朋友注意到这个失误。这位小朋友叫田琪卡。只有他一个人看出这个失误，并不只是因为他的座位离这个节目最近，还因为出事的这个节目实际上是一个过场节目，绝大部分观众都盯着舞台后台那里正在摆设的新道具，那些火圈、高台、梯子似乎意味着老虎即将出场。

这个过场节目看来可以叫作"鞭术"。最初，那个手执十米长鞭的阿姨或者姐姐鞭打一位离她很远的看报纸的叔叔，"啪"一声，把他举在脸前的报纸抽得一分为二，叔叔把两半报纸叠起来继续横在面前，长鞭姐姐又是一鞭，报纸又被居中砍断，如此往复，报纸最后一次露脸，可能已经不超过十厘米宽，长鞭姐姐仍旧能够一鞭抽中正中，不前不后不左不右，并且力道足以砍断已经叠成十几页的厚度，其鞭术可见一斑。

叔叔把纸屑塞进裤兜，顺手拎起旁边一个铁架，把它搬到中间（在马戏里，总是不能提前注意那些还没用上但早就放在旁边的道具），长鞭姐姐开始抽打这个铁架。几鞭之后，田琪卡才注意到铁架上绑着一只口朝下的玻璃瓶子，也才逐渐看懂：长鞭姐姐需要一鞭把瓶塞抽落，让瓶里的水流出来。但长鞭姐姐已经抽了五六鞭，显然一直没有成功。在她继续摇晃手臂调整鞭子方向、酝酿力量的时候，田琪卡看到她扑了厚厚的粉的小圆脸涨得通红，他非常喜欢这种尖下巴小圆脸，再加上她一身紧身蒙古装，帽子和衣裤都是大红色，黑色的长靴也紧紧裹着她的小腿，田琪卡感到她随时可以纵身跃马，在辽阔的草原上驰骋，消失在茫茫大漠。但是现在，她减慢了挥鞭，因为她不能保证下一鞭能够成功。她低着头，脸上明显是委屈和生气，而眼睛不时地抬起来怒视一下那个仍在假装看一张新报纸的叔叔，田琪卡看见她嘴角撇动，吐出几个字，虽然因为轰响的音乐不能听见她在说什么，但能够感到她在责骂。

长鞭姐姐又尝试着抽了五六鞭，虽然每一鞭都抽中了瓶盖，但瓶塞仍旧牢牢地黏在瓶口上。现在她连手臂都摇得慢了下来，长鞭只有靠近把手的那段像累了的长蛇一样慢慢扭曲，她嘴一撇，就流下眼泪来。这泪滑下来的时候，田琪卡的小心脏疼了一下。但是竟然没有一个同学注意这件事，他们都在看即将登场的老虎。泪水在粉脸蛋上留下两道深深的痕迹。田琪卡甚至看见小泪珠在她眼睫毛上闪亮。那个叔叔终于放下报纸，走近架子，把瓶塞向外拔出一些，然后重新走回原位。叔叔报纸还没拿稳，长鞭姐姐啪一下甩出长鞭，鞭子发出最响的一声，还没看见瓶塞落地，瓶子里的水就哗哗流了出来。长鞭姐姐拖着长鞭奔进后台。那个叔叔却毕恭毕敬，一只手别在腰后，一只手拾起瓶塞，抬起架子，默默地走进后台。高亢的音乐响起，当啷一声，两只老虎蹿出笼子，精神抖擞地奔进场地，全场惊叹。

田琪卡还在想着那个姐姐。他很想再见到她。那个叔叔为什么要把瓶塞塞得那么紧，为什么要捉弄姐姐？是不是头天晚上他们吵架了？是不是头天晚上，叔叔逼姐姐做不喜欢做的事，姐姐没答应，然后他今天就捉弄她？他们是一家人吗？他们都住在哪里？他们明天又要到哪里去？他想弄清楚这一切。

他假装要去上厕所。老师和同学们都在聚精会神地看老虎，没人留意他。他走到场外，在校园的小树林里看这个被布围起来的马戏场，音乐把里面的人和动物都裹在一起，他感到自己就像一只脱离了大部队的蚂蚁。随后，在后台后面、通向厕所和食堂的大路上，他看到三辆大卡车。他爬上那辆没有笼子的车厢，钻进杂乱的油毡布躲好，直至马戏结束，他听着小朋友们嘈杂着离开，演员们把道具装进箱子，把动物们赶进笼子，然后所有人都爬上他这辆卡车，车开了。他跟着马戏团摇摇晃晃上了路。

没多久，他就听见长鞭姐姐和那个叔叔继续争吵起来。其实不是争吵，主要就是长鞭姐姐数落叔叔，"你别有意害我！平时你都知道把瓶塞帽子拨开，今天你为什么不这么做？！""你是想让我把昨天晚上的事都说出来吗？！"……那个叔叔只是咕哝着说他不是有意的，后来就一直不作声。然后其他人就都劝长鞭姐姐。田琪卡听见他们不停地叫她小美，小美。

天黑了。车厢里传来鼾声。田琪卡却一点也不睏。而且他感到天黑才没多久，还没到该睡觉的时候啊，果然，没多久，车停了，大伙儿全欢快地下车，随着一阵叮叮当当响和车外面的说话声，田琪卡听出他们在路边野炊吃晚饭。等他们离开车厢很久，听见他们已经开始吃起来的时候，他下了车。篝火被他们围在中间，火光在旷野上跳动。每个人的脸都被照得亮闪闪的。他默默地走向他们，很快就有人发现了他，"这是谁家的小孩？他怎么跑到这里来了？"

他没说话，径直走到小美姐姐旁边，摸着她的肩膀，说："小美姐姐，我要跟你走。"

大家全惊呆了，全都围上来，再次问他从哪里来，是谁。但他只对小美姐姐说话："我是今天下午看你们演出的小朋友。下午我看到你被欺负打不开瓶塞，我看见你哭了，我想和你在一起，我想跟你走，我不想你再被人欺负！"

不知道为什么，小美竟然掩饰不住，顾不上还有那么多千千万万的疑虑，她一把把田琪卡搂进怀中，幸福和伤心的泪水止不住地流淌。而田琪卡，则深埋在小美丰满的乳峰之间，甘甜的乳香萦绕着他，这饱满的乳房让他感到扑进了妈妈的怀抱，眼泪也顿时夺眶而出，润湿了小美红色的夹袄，不久，她的皮肤感到了他滚烫的眼泪，一股新的泪水涌上来，模糊了她已经抬起来遥望远方灯火的眼睛。

"但是，"小美突然把他推开，但双手还紧紧握着他的小肩膀："你这么小，你怎么跟我走啊？"

"我会长大的。"

"那要等多久啊我的小朋友！"

"姐姐，我很快就会长大。为了你，我会尽快长大。我要和你永远在一起。白天你表演，晚上我们在一起。以后就让我来看报纸，你抽我。就让我来给你弄瓶子，我绝不会把瓶塞塞得太紧！我保证不会再有一次失误！我会做你最好的搭档，永远保护你、陪伴你！"

小美又止不住泪眼朦胧，"但是，你还在上学，你的学习怎么办啊？"

"没事，"田琪卡踮起脚尖为小美姐姐擦泪，小美立即蹲下来方便他擦；"我会自学。老师经常说那些自学成才的人比我们还要学得好。以后我就自学成才。你放心，我一定会管好我自己。"

"那你爸爸妈妈呢？"

"别担心，我还有一个哥哥，一对夫妻只需要一个孩子就够了。我和你以后也只生一个。"

人群轰地一下笑开了。与此同时不知谁突然打开了录音机，邓丽君的《甜蜜蜜》立即在夜风中荡漾，篝火照着两个年龄悬殊的泪人儿，驯虎大叔递来一只热气腾腾的羊腿，小美姐姐接过来，然后横着送到田琪卡嘴边，眼睛亮闪闪地鼓励他吃。当他终于咬一口之后，人群再次发出了欢呼，歌声的间奏此时也高高扬起，又一位年轻的哥哥端来一碗热烫烫的米酒，田琪卡双手捧着，在众人、尤其是小美姐姐热辣辣的目光鼓励下，咕咚咕咚地喝了个底朝天。

吃饱喝足，大伙儿登上卡车，这一次，他们上面拉下面托，把田琪卡抱上了车。小美抱紧田琪卡，把他领到车厢最里面，然后自己坐下来靠着车厢，让田琪卡半躺在她怀里。现在，田琪卡后脑勺感受着小美姐姐圆鼓鼓的胸脯，他的脑袋在它们中间的凹陷轻轻摇摆，始终被它们稳稳地环抱。两边的树影和远方的灯火在飞逝。在困倦和酒意的侵袭下，田琪卡小朋友逐渐昏睡，黑暗中小美一手揽着他的肩膀，一手摸着他的小圆肚子，然后这只手慢慢下滑，滑到他小鸡鸡的地方不再移动，轻轻地捂着它，仿佛害怕它挨冻受凉，过了一会，她抬起手轻轻地拍了拍它，最后重新捂紧它。虽然田琪卡还远远没有发育，他的小鸡鸡还光洁如玉，但在小美温热的呵护下，它还是翘了起来，硬得像支小蜡笔。

二十年过去了，小朋友田琪卡毫无疑问不仅已经长大，而且长得很大：他三十岁了。这一天，谁也不能想到，这一天正是大年三十晚上，在这举家团圆的日子里，田琪卡却流落在外，最终在妓院里过夜。妓院知道冬季是旺季，但也没想到年三十晚上还有这么多人有家不归在这里辞旧迎新。

第一次很快结束。他也丝毫不惋惜。反正冬夜漫长，不在乎这一二刻。他喜欢第一次做完之后的这段时间。人，从最初的生疏到刚才猛烈深入的肌肤接触一下子亲近了；精神，也因为欲望得到释放而变得放松。他点燃一支烟，小姐也点上一支，他在思考有些话要不要说出来，甚至他在思考要不要说话。反正他不会傻傻地问她是哪里人，怎么不回家过年这些傻话。

"反正也闲着没事，我就跟你说说吧。"他突然说。

"好啊好啊。"

"虽然我知道你也没什么兴趣。"他不顾小姐连连否认，"没事，我没让你一定要有兴趣。你只随便听听就好，如果嫌烦，就直接告诉我，我就不会再说。"

小姐看他这么认真，也诚恳地说："没事的，你说就是了，听你说说话怎么会没有兴趣。"

"我正在犹豫要不要离婚。"

"嗯，"小姐一点也不吃惊，朝天吐出一串烟，"估计也是。怎么了呢？你又有了人？"

"真聪明。一点不错。"言语相投并没有使田琪卡兴奋，他停了停，才说："可是我又不忍心离开这个老婆。我们在一起二十年了。"

"哈，"小姐笑出了声，甚至没有抬眼看田琪卡，只顾着自己弹着烟灰："二十年。你才多大啊？那你们从小就在一起了。"

"是的，我十岁时就跟她在一起了，她把我养大。她比我大十五岁。"

这一下小姐有了一点兴趣，"比你大十五岁？"

田琪卡点头。"她是一个马戏演员。她玩一根超长的鞭子，十米，"他张开双手比划着长度，虽然那远远不够；"十岁那年我看了她的表演，就跟她跑了，再也没有回过家。"

小姐不禁撑着手把身子推后了一点，"不会吧？"

"是的，没有人相信。她把我养大，养了我二十年，但我对她越来越没有感觉，这翻来覆去天天重复的日子，我实在过不下去了。之前我也出轨过很多次，但这次，是个大学生，我感到我们的婚姻这次逃不脱厄运了。"

小姐完全没有因为他内容的推进而作出相应的惊讶和更深的兴趣，相反她下了床，在床头柜端起刚才为他服务所用的水杯，朝里面看了看又放下，然后走到饮水机旁从机柜里拿出一只新的纸杯，接了一杯温水，重新走回来。一边走一边说："大学生肏起来是不是很爽？"

"确实。"他坦诚地说，"屁跟你的很像，包得紧紧的。"

"是吧。"她喝着水，同时掰了掰自己的大腿，看了一眼就放下，继续喝水。

"其实我一点也不想对你说这些。本来我决定今天什么也不说，但毫无疑问我失败了。我憋了一整天。一大早我就出来了。家里已经没法待，要么就是吵，要么到处都是冷冰冰。我在外面走了一天，下午我在一个池塘的浅滩上躺了一下午。我是实在没地方可去，才最终决定到这里来过夜的。"

小姐歪过头来，朝他抿嘴一笑。

"在池塘边，有一个老头钓了一下午鱼。我在他背后看了一下午。整个下午就我们俩待在那个池塘边。我一直感到他会主动跟我说什么。或者我也觉得我会主动跟他说什么。但整个一下午，我们谁也没说一句话。所以你看，憋得我最终还是跟你说了这么多。不过我知道你现在在想什么。"

"什么？"

"你在想赶紧搞第二次，赶紧把第二次搞完好睡觉。"

"没有啦。我怎么会催你，你休息好再说。"

2015/10/2

霹雳

王波总是记得一件事，那是 1990 年的元旦，之所以记得年份，是因为他记得那是中专二年级的事，这个年份不会错，他甚至记得那天晚上、这件事发生之前，他正在给父母写信，落款时由于还没有适应新年的到来，仍旧顺手写上"1989"，随后为这个笔误一筹莫展，因为要把"89"改成"90"，困难不小。

班级的元旦文娱晚会并没有因为几天前刚刚搞过圣诞狂欢而停止，对这些早熟的十六七岁的孩子们来说，半年前的重创并未留下任何痕迹。外面在下雪，大家也没处可去，聚集在教室，为几个硬凑的节目报以几声干笑，也是没有办法的办法。好在可以同时做自己的事。有人写毛笔字，有人补作业，有人，就像刚才说的，比如王波，所谓每逢佳节倍思亲，在写信。也经常有人进进出出，外面黑暗的走廊上也经常站着人，反正，节日，大家都轻松点。

但是节目实在太无聊了。两个嫩学生，还要学着神侃大拿说相声，别人没笑，他们自己先笑了。相声完了又是那个极其喜欢聚会、自封主持人的班长，他要为大家唱歌。连王波这种五音不全的人都经常听出他跑调，看在他是班长的面上，大家忍着他的干嚎。他歌唱得不好还是其次，更重要的是他喜欢讲解，比如现在他又开始了："接下来由我为大家演唱一首《玻璃心》。这首歌最精彩的歌词是：'爱人的心是玻璃做的，既已破碎了就难以再愈合'，我想我们大家的友情、爱情、亲情，都是玻璃制品，一定要小心轻放……"

"让开、让开……"某些体质过敏的人还没来得及呕吐，只见张晓刚和梁建波推着一个陌生人从门外走进来，张晓刚用上海话低声跟班长打招呼："对不起噢，我们先来个节目……"随后面对观众："向大家隆重介绍一位师兄，校友……"可是那个被他们推进来的人一直在不停地挣扎："搞什么？……没必要啊……"说着还想往门外挤，被梁建波诡笑着往回推："帮帮忙帮帮忙好伐啦？"然后拉过张晓刚的手放在那人的胳膊上，张晓刚立即会意，抓紧他，继续向大家介绍。梁建波则跑回自己的座位，在抽屉里哗啦哗啦地翻找。

张晓刚的介绍在这位陌生人的挣扎下语无伦次断断续续，教室里一时间也乱哄哄的，混乱中王波只听见张晓刚几个类似于"超级牛逼"、"偶像"、"霹雳舞"、"领袖"这些词……这时梁建波跑到黑板旁边的设备桌，打开录音机放进一盒磁带，摁下放音键，突然，高亢的、节奏剧烈的音乐响起来。

比突然轰响的音乐更让大家吃惊的，是这位"超级牛逼的偶像"，在刚才张晓刚介绍他的整个过程，他一直想要挣脱、离开，从没有正面面对过观众，更没有好好站定过，但是，就在音乐响起的那一瞬间，那个心跳似的激烈鼓声敲打起来的一瞬间，他突然静止，突然站得笔直，头虽然不正视观众，但斜着更显出他突然的僵硬，投向教室后墙的目光，既凶狠坚毅，又空洞盲目；与此同时，似乎被他的僵硬所惊吓，张晓刚突然松手，就像他刚才抓着的胳膊顿时变成了不锈钢，或者顿时通了电，在音乐声中看着这个僵硬的躯体，一步一步后退到门和第一排课桌之间的墙边，就像一个妨碍正事的小丑。

所有人都被这个陌生"师兄"的僵立吸引。王波这时才注意到他一身黑，黑衣黑裤衬得他的脸特别白，甚至有一瞬间王波感到他的鼻梁也被衬得特别挺。仔细看，虽然他并没有完完全全站得笔直，头也没有高昂，双手甚至还轻轻握着空拳，但你感到他在用力保持这个姿势。他在用力僵硬。他的用力让人感到他的力量。他的用力让人感到他站在音乐声中，他站在强烈的节奏里，他和音乐和节奏融为一体。音乐里各种叫喊、吟唱不时穿插，还有一些充满回声的电子敲打左右环绕，但"咚嚓咚嚓，咚嚓咚嚓"的节奏重复不断，强烈的节奏反衬他的静立，或者说他的静立让强烈的节奏更加激烈，像一条条鞭子抽打着大家的心。突然，在大家久久沉浸在他的宁静之后，突然，他动起来，只有一个地方在动，髋骨，他的髋骨随着节奏一挺一缩、一挺一缩，不断挺缩，动作不大，但由于其他部位仍旧僵硬，这里的耸动就特别张狂，也特别有力，而且很明显这是这些孩子们虽然还没尝过但已经貌似懂得的性交动作，大家看得很害羞，但又不敢暴露自己的幼稚无知而只能假装坦然自若更认真地看着他在动，王波的余光留意到很多人特别是女生已经压低了脑袋，在刘海后面抬着炯炯发光的眼睛。他挺着、缩着、挺着、缩着，动作与节奏吻合，清脆的鼓点应和着他的挺缩，他和节奏融为一体。突然，就像通了电一样，他的身体从头到脚前后扭动，每个节点都应和着节奏的重点，就好像音乐里每个重音正是他的每个扭动击打而出，他的扭曲不断往复，形成有力的节奏，让看的人心里也不能控制地跟着他扭动。随后，既突然又自然，他从扭动轻快地转换成关节的抖动，既抖动腿脚又好像抖动肩膀，身体随着抖动慢慢转向，变得放松、自然，像在水中荡漾。转过去之后又转回来，一直保持抖动，每次抖动仍旧和节奏一致。随着音乐破碎的鼓点一声重击，他站定之后腰一下子弯向背后，应着节奏，双手交替一把一把从下往上抓，仿佛握着空中一条并不存在的绳子，沿着这条绳子一直抓到不能再上的空中，停住，然后握紧的双手用力地往下一拽，与此同时后仰的上身往上一抬，像极了抓着这根并不存在的绳子把自己往上拉，每拉一把，上半身就抬直一些，紧握绳子的双手就往下缩回同等的距离，随后双手继续往上去抓绳子的更高处以便把自己继续往上拉；一个节奏拉一把，一个节奏拉一把，直至把自己拉直，直立之后，头顶的双手仍旧在拉绳子，把自己继续往上拉，拉得脚尖一踮一踮。音乐又是一声轰响，他一个熟练的转圈，在飞快的新节奏里，他双腿弯曲，上身重又僵硬不动，双脚绷直在地上滑行，有时朝同一个方向，有时突然变换方向，有时甚至后退，就像在电轨上滑行，这时音乐里一个女声在凄婉地吟唱，她的声音仿佛送来阵阵冷风，让人感到他滑行其上的不是地板而是冰面；他的黑衣随之翩翩飘动。他重新滑到教室中心，又是一个转圈，只稍稍站定，他的双手立即伸展，一下一下交替又平又硬地摸着面前的空中，没多久，他在空中的按摸让人明白他摸着一块宽硬的玻璃，他手摸到哪里，玻璃就延展到哪里，他的手像一支神笔，使玻璃跟着他成型。然后，他不再乱摸，双手贴紧面前的玻璃，把自己往左拉动，随后又往右拉动，最后他又把自己往上拉了几下，就像刚才拉绳子一样，每次按拉都拖歪自己的身体。把自己拉得不能再上，他嘣地跳了一下，在空中转个圈又面对观众站定，这时女声反复唱的词好像能够听懂："say you never, never never go away, say you never, never never never go away"，他随之轻盈地扭动身体，双脚同时原地滑行，就像在太空飘飞。他轻柔的扭动与歌唱的女声完全贴合，就像他身体每个部分的扭动在发出这深情的吟唱。就像这女孩的歌声是他的四肢通过扭动一字一句唱出来。在这缓慢抒情的扭动和滑行中，王波竟然这么晚才看见他那双黑得发亮的皮鞋，他马上回想起正是这双皮鞋，刚才就像钢板一样绷直着他的脚在地上滑行，此刻又像软胶一样使他的脚看起来没有一寸骨头。转瞬更加激烈的间奏出现，他的扭摆突然停止，随之一下子伏倒在地，手撑地面，高举起双腿，劈成 V 字型，同时肩背着地翻滚起来；王波注意到他肩膀上立即沾满了灰尘，他不禁感到心疼和激动。他迅速地一扭，躺倒在地，在强烈的节奏中像风车一样翻滚起来，即便翻滚也应和着节奏的轻重，他的每个动作都和音乐一样充满弹性，眼看他就要转到墙边，然而就在这一瞬间，他一个纵身倒立，又以头作支点旋转起来，就像芭蕾舞女演员用脚尖旋转一样，所有人全都张大了嘴却不敢叫出声，担心任何声响破坏眼前这精妙的表演，正在担心中，只见他从地上一跃而起，一个立定，突然转身，大家以为他还在延续舞步，但只见他轻快地走向门边，从张晓刚手上拿过他的双肩包，大踏步地走出门去。

所有人，教室里的所有人完全不能感到、也完全不能接受这就是结束。音乐还在激荡，教室前面那块空地上仿佛还有他黑色飞舞的身影，但他已消失，走到门外。大家饥渴的目光紧紧跟随，这时才发现门口，还有窗口，都围满了其他班级的学生；更让他们惊愕的是，当他刚走到门外，一个同样一身黑衣的女孩子立即挽上他的胳膊，迅疾之中王波还记住了这个女孩黑亮的长发；随后他们目不斜视，在走廊上从前门大步往后走，然后在窗户中出现，又立即被一堵墙挡住，此刻墙内是他刚才温热的舞台和木讷的观众，而左边，走廊外，细碎的雪花正在夜空飞舞。他们响亮的脚步无可挽留地继续往前，很快他们的身影在后面的窗户中出现并继续流动，然后又被墙挡住，最后在后门一闪，从此永远消失。

这些师弟师妹们甚至没有来得及报以任何喝彩。这不折不扣的戛然而止使他们久久呆滞，直至梁建波关掉了音乐。一群人立即围住了他和张晓刚，兴奋，惋惜，哀叹。王波没有动，他一直坐在自己的座位上，他不知道自己该做什么，他甚至不敢去摸桌上的纸笔，他感到自己任何动作都不仅多余，而且破坏自己脑子里的空白。等他逐渐冷静，他心里满是羞愧，他突然觉得自己一无所长，所有的所谓学习都是在白费光阴。呆滞中他耳边又听到张晓刚在重复那几个词："超牛"、"偶像"、"领袖"……混乱中还有梁建波对众人疑问的解答："他老婆叫刘静。他们在学校时就在一起了。"

这件事、这个人、这个"师兄"，王波一直忘不了。但上面这些，只是他所知道的这件事的一部分。他一直不知道的，是这对师兄师姐飘然离去之后的事情。

他们流星的大步随着他们离教室越来越远而逐渐放慢。当他们走下教学楼，在雪花飞舞中走向他们曾经无比熟悉如今又无比陌生的校门，他们坚硬的躯体逐渐柔软下来。他们知道自己冷硬的鞋底踩化了薄雪，在教学楼黯淡的灯光投影下留下最初四行黑色的足迹。他们走出校门，竟然突然不知要往哪里去，他们当然知道要回家，但他们刚才如此目不旁顾地一气流星踏步至此，似乎并不是为了回家。他们在偏离校门口的围墙外停住，各自整理了一下衣包，实际上也彻底丢弃刚才舞台的追光，才重又走起来。这一次，他们终于松缓地走着，仿佛携带着反动的浪漫，在雪中漫步。

"不知道为什么，心情很不好。"刘静说。

"为什么呢？"

"就是不知道为什么啊。可能就是因为你今天跳得特别好？我很吃醋？"

"吃醋？"

"嗯，可能比吃醋更重一点吧。你跳得这么好，却不是因为我，不是因为我才跳得这么好。"

"不是因为你？"

"这肯定是显而易见的。我知道在这个时候我吃这种醋真的很莫名其妙很无聊，但是我没办法控制自己，我心情很不好。"

他没说话。

"你知道吗，你今天跳得不是一般的好。我相信你今天的舞很多人、绝不止是我，一辈子难忘。而正是因为这一点，我很难过。你跳出了从头到尾每分每秒全是艺术的舞，一气呵成极其完美，但这不是因为我。最可笑的是，这本来就可以不因为我，我不可能也没必要一定是你最好的作品的原因，我从这里又看到我的自私和无止尽的贪婪，看到这些让我更难过。"

"意识到这些问题，就没必要难过了。"

"不是的。看到这些并不意味着它们就真的没有了。而问题在于我并不为自私和贪婪而自责，我的难过还是因为吃醋、嫉妒。受不了你那么棒的舞却不是因为我。还是因为这一点。并不是因为我不好，不是因为我有这样那样的缺点。你在那里跳，我在门口看，我看到一个既熟悉又陌生的你，你完全沉浸在另一个世界，你和我完全没有关系，那个时候，你心里完全没有我，但你心里有别人……"

"别人？谁？"

"谁并不重要，重要的是没有我。你那时心里也不只有你自己，你那时心里确实有别人。你只有心里有另外的人的情况下，才能跳出这么好的舞……唉我的天，我真的无聊死了，我根本不想说这些。我刚才一直告诉自己我应该高兴我应该激动，为你跳出这么好的舞而激动，事实上我也确实非常激动，但是这激动几乎包括着我的不舒服，包括我的嫉妒。"

"你的意思是说，我不能允许一时一刻心里没有你、而是别人？"

"当然不是当然不是，我还不可能这么霸道，我只是想说，这不是随意的一个时刻，这是你最完美的瞬间，我的不能忍受的正是你最完美的瞬间与我无关，那么，既然如此，我们为什么会在一起的呢？我们当初的那些信念，在这个这也不许那也不许至少是不许谈恋爱的学校里在一起时，你曾经认为你最好的都是因为我，但现在我发现事实并不如此，那么，我是否还有最初那个意义呢？"

他已经被她绕晕了，但他知道她此刻既然说得如此犀利如此流畅，那她一定有理。只是他不知道这样的追究和争论有什么意义，他一点儿兴趣都没有。但也正是因为她的犀利和郑重，他知道他不能流露出一丝半点的无所谓，甚至不能随便抬头，看更高处的夜空那种寻求外部解脱的动作也会有轻视此刻她的郑重的迹象。他只有保持平视，盯着前面路灯光里纷纷扬扬的雪，不快不慢地往前走。

2015/10/16

长江

很多人不知道，现在遍布大街小巷的所谓美食——小龙虾，二十年前还没怎么爬上餐桌。韩宇是眼见着这东西流行起来的人。韩宇是眼见着很多东西流行起来的人。这就是生活在一个新时代的好处。不过，这么说似乎并没什么荣耀，甚至还暴露了他的年龄。尤其是，那是他忘不掉的两年，他身体变形的惨痛经历，正是肇始于那两年；正是那两年每天不停的夜宵，终于把他这个本来瘦削孱弱的青年，喝成了后来的腰肥肚圆。

那时每天找他夜宵的，是高考前教过他画画的老师汪磊，也许正是因为只教过他几节课，再加上老汪自己随性挥洒的艺术家作风，老汪对他从不以师生相待，权当兄弟。甚至有一次，在一群老汪真正的学生到老汪家的聚会中，韩宇随着这些学生称他"汪老师"，他竟然正色阻止："嗨，你不要叫我老师。你不是学生。"想来老汪这一方面是借一个轻松的机会言明韩宇在他心中的地位，另一方面也让那些学生提前知道自己和韩宇的差别。不过这只是在一群孩子面前酒后随意的抒情，韩宇自然一笑置之，此后也并无变化，"老汪"、"汪老师"任意呼唤。比起这个，老汪让儿子管韩宇叫叔叔，则更让韩宇感到自己确实与那些学生不是同一辈分，因为老汪让儿子叫那些学生哥哥或姐姐，小汪大多还不肯叫。

每天晚上十一点，老汪就会给韩宇打电话。韩宇从自己的住处步行十分钟，到老汪楼下，或者更多的是老汪已经在小区门口的夜宵摊上等他。往往韩宇赶到，桌上已经摆着一盘盐水毛豆或者盐水花生，还有一盘刚刚炒上来的螺蛳冒着腾腾热气，两个塑料杯已倒上啤酒，身后的小太阳斜射过来，啤酒在塑料杯里透明、金黄，酒们一个接一个冒着的小气泡，使饥肠更加辘辘，虽然事实上可能根本不饿。老汪面南背北坐定，抽着烟在等他，对面的空位虚席以待，那就是他即将入席的所在。由于老汪喜欢坐这个方位，所以他常常背着光，整个身脸灰暗，反衬得一次性塑料桌布、啤酒、毛豆花生、螺蛳们特别明亮。偶尔老汪转头，他的眼镜框和额头一角，也会闪出高光。

韩宇走近，彼此显出久别重逢般的喜悦，虽然昨晚才刚把酒言欢至黎明，但两个建立在艺术创作背景上的师友，总是这么一日不见如隔三秋。哪怕是炎炎夏日，两人也往往会激动得搓几下手，按捺内心忍不住的温暖和喜悦。随即简短直接地互通各自今天的工作情况，画了多少，画得是否顺利，看了什么书，有什么心得，情绪立即展开，碰杯润喉,吸两个螺蛳,抿两个毛豆,然后正式进入喝酒环节。此时"夜宵新宠"龙虾上桌,老板娘还拿来一把塑料手套,豪放的老汪是不用的,他直接用手抓起龙虾,掰下头颅,歪过头吸虾黄。然后抽掉虾尾中间一支,从那个空档用筷子捅进去,整个身体的肉就从硬壳上端完整拱出。

虽然老汪不以老师自称,但韩宇心里还是尊他为师的。除了学术交流,生活中几乎所有的相处都是奉老汪为主动。喝酒也是如此,而况韩宇本身没什么酒量,他基本上就是陪喝。所以他二人喝酒的种类,其实也就是老汪一个人的种类。老汪不是一开始就海喝豪饮的那种,就像他在艺术交流中的用词那样,凡事都讲究一个状态。一开始很少大口更少干杯。只有慢慢喝着、慢慢说着,一个话题渐入佳境乃至突然金句迭出,顿时豪兴大发,"来,干!"

韩宇很喜欢这种小软塑料杯,虽然质量很差,但容量适合,很符合他不会喝酒、超小的酒量,必要的时刻,一口一杯也并非难事,适合的量似乎也使酒的味道变好。而况老汪对他在酒这方面照顾有加,大部分时候都是"我干掉,你随意",或者有别人在场时都在保护:"韩宇不能喝,他少喝点。"

循序渐进、渐入佳境还不是老汪喝酒最重要的特点,和他一起夜宵喝酒,还有一个几乎每天都要发生的情况,就是人越喝越多。一开始他们俩喝着,不久,老汪的传呼机就开始不断震动,有的他要去回电话,有的不回,不管回不回,不久之后,这个桌子上的人越来越多,

"老板再拿五瓶啤酒……"这样的声音开始不断重复，或者突然就"捧两箱过来！"人越来越多，有的一个来，有的是两三个来，有时一下子来更多，要拼桌，或者换地方。后来来的这些人，大部分韩宇都认识，但也时不时会有韩宇不认识的新人，这样的情况很少。不管是认识还是不认识，大部分都是和老汪年纪相仿，他们都是年轻时的朋友，毕竟，老汪比韩宇大十岁，差不多算是长一辈。

人来多之后，老汪就不再是循序渐进了，借着前面差不多两三瓶的基础，开始吆五喝六，声嘶力竭，拎着瓶子从桌子这头走到那头，人来人往穿来穿去，一手扶杯仰脖倒入，倒得太快酒从嘴边溢出，流到汗衫上，挂在胡子和垂到胸前的头发上，一杯落肚，立即满上。突然和某人坐定、窃窃私语，突然和某人说定某事握手承诺转而变成扳手腕，又突然与某人情到深处抱头痛哭也不是没有的事。

几乎每次都会换好几个地方。韩宇总是跟着。或者说老汪都要韩宇一起去。有时因为某个人或某拨人离开 A 摊去 B 酒吧，从 B 酒吧到 C 歌厅时已经是因为另一拨人。期间老汪必定经历面红耳赤、喃喃自语、斗狠、拥抱、跳舞、唱歌、呕吐、继续喝、跌倒等环节。韩宇并不讨厌这些跟随和串场，有时他也会喝多，但从不至于醉倒，最多吐几下，吐完他又像个新人。他喜欢见到形形色色的人，喜欢看他们在酒场上的言行举止，直至凌晨三四点有时甚至天明，他意识到自己最终至少还有另一个作用：把老汪送回家睡觉。

今天显然又是如此。人已经越来越多，老汪喝得非常猛。在走路已经摇摇晃晃之后，还跟一个光头一气吹下一瓶。吹下之后很明显扶着桌子低着头很久才咽下最后一口。鼓鼓的嘴尖酒水还嘀嗒不尽。之后韩宇几次看见他杯子端不稳，往喉咙里倒的时候经常一半倒到了脖子上，但他还是没有停，还在不停地跟不同的人找理由喝。期间他有几次看过拷机，有时支撑着摇晃的脑袋凝神看，有时只看一眼就继续喝。他去摊子旁边的小树林撒尿时，韩宇看他扶住了树要吐，立即跑上去拍他的背，问他要不要紧，结果他干呕了几次，没吐出来，然后抬头觑着直射摊头的灯光，被它刺得眯缝着眼，终于长吁一口气，嘴里颤抖地叹道："操得嘞。没事。"然后让韩宇继续去喝，他要去旁边小店打个电话。

韩宇走回桌边坐下，心想此刻已近一点钟，老汪这时的一个电话不会短。虽然他们称得上朝夕相处，但老汪的人际关系极其复杂，外地艺术家、策展人、给他资助的众多生意人、帮他制作作品的工人，不一而足，更重要的，还有他半年前爱上的女学生梁雁翎……韩宇不知道此刻他给谁打电话，谁都有可能，甚至他老婆——也就是韩宇称为师母的吴婷，都有可能；因为梁雁翎的出现，吴婷和老汪之间的架没有少吵，半夜的一个安慰和哄骗，不是不需要……韩宇正想着这些，出乎他的意料，老汪很快回来了，并且好像步子比刚才稳健了许多，一回到桌边，又拎起一瓶酒，用牙咬开瓶盖，然后走向桌子那头那几个能喝的人，在寻找拼酒和进一步洽谈的对象。大家看到他摇摆着走来，立即让开一个口子，继而又迅速把他围住。没多久，韩宇听见那边嚷着一个熟悉的酒馆名"老房子",并且马上就有人高喊:"那走!小包他们都在等我们。"一伙人摇摇晃晃站起,路边的出租车司机立即投来兴奋的光,希望这伙人首先登上自己的车。

到了老房子韩宇跑了一下酒,出来找到大伙儿所在的桌子,发现桌上已经换上了黄酒,旁边还有个小酒精炉子在温酒;韩宇听老汪以及众多酒鬼们说过无数次,还有他自己一两次亲身经历,都让他知道两件事:一、混酒易醉,二、黄酒后劲极足,一旦醉了非常难受。由此他知道今天的戏又要玩大了,也不知道这新一拨人有什么要事需要更进一步把酒往深里喝、往死里喝。不过他也仅这么想着,局面完全不是他这个后辈所能关心的,倒是桌上丰盛高贵的鱼肉鸡鸭以及海鲜,在射灯下闪着诱人的光,整桌人都在忙于喝酒、开酒、倒酒、温酒,没有人对菜感兴趣,这一桌佳肴仿佛只为他一个人准备的。在激烈的音乐声中,他拎起一只鸭腿撕起来。

虽然隔得很近,但也不能完全听清老汪他们在说什么,只见老汪和小包勾肩搭背埋头低语了一阵,两人碰杯,竟然把黄酒和啤酒那样一饮而尽,老汪咽下最后一口酒时明显非常难受,低头皱着脸甚至捂着胸口在忍受黄酒的烧灼,很久才抬起头。韩宇看到他仍旧没事就放下了心。他们继续在喝、在说,韩宇则挑着每样菜的精华尝着,因为他知道他不吃,最后这些菜也浪费。没多久,老汪突然站起来,站了很久没动,大家都问他要不要紧,他摇头,然后摇摇晃晃走开,韩宇看见他手里握着小包的大哥大走向对面墙边的空桌,醉眼惺忪艰难地拨了号码，然后坐下来背对着这边开始说电话。这边继续喝酒吃菜。小包还关心地问了韩宇的近况，他轩昂的气宇总是让韩宇很有好感，虽然不知道他具体做什么生意，但总觉得他的生意做得很大。他和小包说话的间隙时不时看看老汪，谁知这个电话打了半个多小时还是没结束，桌上已经有人不断地在问："老汪呢？""电话还没完？！"逐渐地，开始有人毫不掩饰地打哈欠，然后有人说："小包我们撤吧，明天还有事……""老汪这狗日的电话也打不完了，估计酒也喝不下了。"但大家并没动。估计都在想着再等会儿，也许老汪电话马上就完。但不久，就看到老汪完全摊倒在那个空桌上，握着大哥大的手撑着歪斜的头，仿佛是那根又黑又大的家伙才足以撑着它。最后大家实在忍不了了，两三个人走近老汪，老汪被惊扰，转过头来，韩宇看到他眼睛已经睁不开了，眼珠子不断斜着看这边。韩宇看到他没有向大家表示歉意，表情凝重而恍惚，仿佛还有什么大事并没有解决，大家都劝他歇了，大家都困了，都回去睡觉吧，结果他捂着电话的手不松开，另只胳膊用力把自己撑起来，嘴里喃喃念叨："酒，酒……""酒个屁，别喝了老汪，明天再说……"劝阻不仅无效反而更刺激他扶着桌子摸到这边，一把夺过开着的满瓶的黄酒，仰起脖子就咕咚咕咚地喝起来，大伙儿都惊了，都去夺他的酒瓶，谁知他牢牢地抓着瓶子，嘴里还在大口大口地吞咽，突然，他一下子瘫跌在地，倒地之后仍旧仰头喝完了瓶中最后一口酒，"哐啷"一声摔下酒瓶，酒瓶没破，但响声早已惊动邻座，所有人都看着这里的闹剧，但也不是太惊奇。小包率领众人将老汪抬起来，抬到座椅上，他浑身瘫软，几乎坐不住，但刚才整个过程直至现在，他握着电话死死不放，甚至还时不时对电话里说着没有任何人听得清的话。大家全站着看着他，脸上含着宽容的微笑，不知所措。突然，老汪朝大家摆手："你们——"口齿不清，"都——肥去吧，肥去！"看大家不动，又说道："你们——放山吧，韩宇陪着我……"小包又盯着他看了很久，突然说："那这样吧老汪，我电话就放你这里，明天再说……"这时老汪才和众人一样似乎明白了什么，急忙摆手："勥勥——"然后把自己撑起来，对着电话里含糊地喊道："这样吧我够来我马上够来……"然后终于把大哥大从耳朵那边拔下来伸到眼前，另一只手伸出一个指头摇摇晃晃地在电话上找挂断键，但不争气的眼睛无法睁开，最后他只能把没有挂断的电话送给小包，小包仍旧笑盈盈地看着他，过了一会才伸手去接大哥大，并再次问他要紧吗？得到断然否决的回答并且再次驱赶所有人都回家之后，小包转向韩宇："那韩宇今天要麻烦你了，你保证把老汪安全送回家。"韩宇以不容置疑的表情作答，众人才鱼贯离开酒馆。

韩宇把老汪扶出酒馆走到街上，酒馆木门合上，里面的乐声顿时混沌模糊，仿佛仅一步之隔，刚才瘫坐的竟是一个遥远的世界，而街上阒无人迹，树荫里的路灯昏黄，韩宇感到自己和老汪就像两只吸血鬼，狼狈落到陌生的街头。老汪整个瘫软在韩宇身上。韩宇揽下一辆出租车，把老汪连扶带推地弄进后座，然后自己在后座另一边坐下，司机问"去哪?"韩宇还没来得及开口,老汪吐出两个清晰的字:"海门。"司机吃了一惊:"海门?"韩宇也吃惊,不得不向他再次求证:"要去哪里?海门?"韩宇当然知道,海门正是梁雁翎家所在的城市,距此至少200公里,中间还要轮渡过江。司机认为这个报地名的家伙并不作数,扭过脖子歪向韩宇等答复,韩宇在脑海里迅速预测着接下来直至天亮以及明天一天的行程和遭遇,不置可否,但闭眼瘫倒的老汪毫不含糊地肯定:"海门,海门。"

　　一路上老汪睡死过去。但并没有鼾声。仰靠在椅背上的头随着车的颠簸而不停摇晃,松弛张开的嘴更显出一副死样,韩宇不禁把手伸到他的嘴边,感到一口口热气方才放心。韩宇自己却不想睡,尽管,说实话他已经感到困意,经过一夜的酒、烟、吵闹嘈杂,他现在也手脚发软。但是他特别喜欢晚上行车,看着沿路不断闪过的灯火,特别是大片黑暗之后,远处村镇的点点灯火,不知那里的人正在做什么,是否有人开始起床。这其实是一定的,一些老人,还有那些突然有急事的,一定已经起床。

　　出租车一路狂奔,近两个小时之后赶到袁家墩汽渡站。天已大亮,一班即将驶向对岸的轮船响着马达,正在吞纳着赶早的菜农和货车,韩宇他们这辆出租车竟是惟一一辆轿车。车停下,开上轮船,这些过程中老汪一直睡着,尽管从他紧皱的眉头可以看出他睡得很痛苦。

　　一声幽深的汽笛鸣过之后,轮船缓缓启动。似乎所有的轮船汽笛声都是如此幽深。海上、江上的声音,有着共同的特质。仿佛它有

着不容置疑的权威，但它自己并不在乎。车外面的这些乘客，虽然
看得出他们心里装着马上登陆对岸之后的事，脸上并无欣赏的表情，
但他们还是尽可能围在船舷边上的栏杆边，吹着晨风，看着曙色中
的江面。想必没有人愿意错过这短暂的江上风景，连司机都下了车，
迎着风抽烟。韩宇没有下车。因为他不知道身边的老汪是否会突然
有什么需要。船驶入江心，韩宇在车内两边遥望，除了滚滚江水，
不再能够看到岸。他喜欢熬夜，但特别不适应破晓时的光，他的眼
睛会疼，甚至脸上的皮都像烧焦似的疼。突然，老汪一阵抽搐，然
后把自己撑直，鼻孔里发出"嗯——嗯——"的声音，手指着车外，
示意韩宇要下车，韩宇立即打开车门，然后去扶老汪，老汪上半身
刚刚伸到车外，就只听见他胸腔里一声汹涌的"呕——"然后老汪
就推着扶着韩宇跌跌撞撞直往船舷边跑，但才跑两步，突然"噗——"
一声一口粘稠的呕吐物就从老汪嘴里飘到空中，旁边的菜农全都吓
得让开，把最近的船舷让给这两个披头散发的怪人。老汪不顾一切
跟跟跄跄直往前跑，一边跑一边喷，他抬头抿嘴，使得呕吐物喷向
前方空中，越过栏杆喷到江里，让韩宇震惊的是，老汪这口呕吐物
并不停止，一直喷射，直到他们跌跌撞撞抵着栏杆边，他还在喷射，
同时听到他的喉咙、胸腔里还源源不断地滚滚而上，而且由于他们
奔得慌乱，到了栏杆边收不住脚，借着惯性继续往前冲，冲出一路，
老汪口中就喷射一路，韩宇感到刚才这一路喷下来，至少有十米之
长！而且还在继续！这股酒力到底多深多长，能把这口呕吐物顶这么

久呢！韩宇都担心这么久不断的喷吐导致老汪窒息、喘不过气来……在扶着栏杆往前跌冲时，老汪还随着喷吐的节奏摇着高昂的头，使呕吐物在江上喷洒出长长的弧线，这时韩宇才更震惊地发现：老汪吐出的液体黄中带红，一时间分不清到底是酒，还是——血！但他迅速转动的大脑宁愿相信这一定还是酒，否则刚才这一路喷出的如果都是血，那老汪全部的血估计已经喷完！这修长粘稠的液体在空中扭曲飞舞，像一条翻腾的龙，在黎明的日光中泛着红光，外延喷发着水雾，最终缓缓落入江水，江面甚至传来啪啪的拍击。他紧紧地抬着他的胳肢窝，抓着他，既担心他跌入江中，又担心他瘫倒在甲板上。终于，老汪趴在栏杆上，口中的红水渐渐止住，老汪"啊——，啊——"地大声呻吟，刚刚有所消停，突然又朝着江里呕吐起来，这一次，他吐出几口更红的水，那完全就是血，稍稍稀释过的血，旁边的人也都惊呼起来："他在吐血啊！"乘客们不免往后更退了几步，把圆让得更大。吐完这几口之后，老汪继续呻吟着，瘫软在栏杆上，整个身体因为喘息和呻吟而一伸一缩，甚至不住地颤抖。韩宇咬着牙关提着他。他脑子里在想着最坏的结果。他脑子里快速地闪过吴婷的面容，还有老汪的妈妈。然后还闪过自己女朋友的脸。他在想几小时之后他如何跟这么多人解释这即将可能发生的噩耗。他知道甲板上的乘客在看他。甚至船上二楼驾驶舱的工作人员也已经注意到他们这一幕。还有那个出租车司机，他现在哪儿？不过他没有抬头，他根本没有抬头，一直低头看着像只垂死的秃鹫的老汪。

他帮他扶正眼镜，然后低声问他："老汪，要回车里吗？"老汪摇头。韩宇又用了一把力，把他提得更上一些，顺势借力准备把他往车那里拖，但老汪立即感到他的意图，紧紧抓住栏杆不放，并且用力摇头，韩宇只得托着他靠着栏杆站定，不再移动。慢慢地，老汪终于如韩宇所料地平息下来，基本恢复一种正常睡眠的呼吸。但他的手还紧紧抓着栏杆，韩宇也就不回车里，得空转头看向宽广无边的江面，此时太阳正透过片片破碎的厚云，射出道道金光，这黄亮的光芒撒在起伏波动的江面，粼光闪闪，灼得韩宇一夜未眠的眼睛生生刺疼，他不得不眯起双眼，眼皮眼睑的挤压又让他感到分明的肿胀，在迷糊中，江面的波光就像散乱的金子，在轻轻摇曳。江风寒冷，不知是夏还是冬。

　　在离岸还很远的时候，韩宇就看见空空的码头上站着一个人，就独独的一个人，随着离岸越来越近，韩宇越来越清楚地看见她是个女孩并且很快确定她就是梁雁翎。突然间，韩宇比看到自己的情人还要激动，尤其是他看到远处这个黑黑的身影，在清晨的风中摇摇晃晃，像一根竹子竖在空荡荡的码头上，一瞬间他鼻子都酸了，他一阵感动，用力提了老汪一把："老汪，梁雁翎。"但老汪只"嗯哼"了一声，仍旧闭着眼睛瘫软地靠在他身上。直至船靠岸，乘客们逃离似的快速下船，只剩下韩宇拖着老汪，旁边站着抽烟的司机，梁雁翎奔上船，韩宇看到她看见自己和老汪这副样子时，先是稍稍一惊，然后朝他挤出一个含有抱歉的苦笑，随后重又奔过来从韩宇手上接过老汪，在梁雁翎托住老汪的一瞬间，老汪突然醒了，虽然表情痛苦，但仍旧挣扎着站直，大家扶着他准备往岸上走，但是突然老汪站定，转过身来，对韩宇张开一只手掌，仍旧醉意朦胧、含含糊糊地说："你，回去。"韩宇一时没听明白，不禁把头伸向老汪，同时抬眼看梁雁翎，她也表示困惑，低下头不解地盯着老汪的后脑勺。"韩宇，你回去吧，"老汪更清楚地说道，"不要再为我浪费时间……"韩宇更是不明，但似乎又大概明白，只见老汪使劲咽了一口唾沫，继续说道："韩宇，你，回去。你回去告诉江东父老，我不回去了。"在韩宇和梁雁翎再次不解地盯着他的时候，他更加认真地说："韩宇，你不要登岸。你回去，告诉江东，父老乡亲，我不回去了。我什么都不要了。儿子我也不要了。家也不要了。那么多作品我也不要了。我什么都不要。我不回去了。"说着就扶着梁雁翎往岸上走，刚走两步，又回头，现在，他已经能够自己慢慢走步，他摇摇晃晃走到司机那里，掏出钱包，抽出里面所有的钱，递给司机："把我这位兄弟，送回去，够吗？"司机既想笑又想忍住笑："这怎么还不够！当然够。不用这么多的……""不，"老汪按住司机接钱的手："你收下。"然后摇晃着走向梁雁翎，路过韩宇时停下来又说道："你不要登岸，你直接回去。你登岸，我们就，"他停了停，仿佛在思考，不久之后："我们就，断绝师生关系。"

2015/10/22

异 乡

放假这一天，爸爸并没有来接卡夫卡。不过也只有他一个人需要父母来接，只有他的家离学校最远，在另一个镇子。其他同学都在收拾东西，欢呼着准备回家过圣诞节。

爸爸或妈妈没有来，并不怪他们，卡夫卡之前写信告诉他们是下周才放假，他没有想到沃塞克这边期末考一完立即就放假，而以前在老家那边，考完之后，还要等上两三天，老师上完最后的训导课才正式开始放假。

这么一来他有点儿不知道往哪里去。虽然接下来的几天学校的宿舍不会关闭，但他将一个人住在空荡荡的学校？倒不是因为害怕，好端端的学校，住着也没什么可怕，但这么大的一个学校，自己一个人住在这里做什么呢？他这么想着，又保不准自己在某些时刻果真一点儿都不怕。特别是晚上，北风刮着硬枝，把窗玻璃打得咯咯咯直响，房间里的烛光也仿佛被风吹得摇晃，这时再来几声西山的乌鸦啼叫，……他肩膀不禁抖了一下。"嗨，弗兰茨，"阿尔弗雷德叫他，把书往大布袋里装的手并没有停下来；"跟我们去利恩茨吧，"他的笑总是带着某种诡异，不过卡夫卡知道他对自己没有恶意，他是整个沃塞克少数几个确保对自己没有恶意的人之一；"到玛雅家做客，"他一边说一边扬着下巴指着玛雅，"玛雅家房子很大，可以住。玛雅是吧？"

玛雅听到自己的名字，习惯性地一惊，转过头看着阿尔弗雷德，害羞地含着笑，不知所措的样子，然后又飞快地瞄了一眼卡夫卡，满脸绯红，迅速收回目光，在她转回头的同时，卡夫卡听见她说："好啊！"声音并不低，没有勉强的意思。

"我是说真的。"阿尔弗雷德把扎好口子的布袋往上提了提，放在椅子上，对着玛雅说；"卡夫卡的爸妈没有来接他，他接下来几天没地儿去，难道你忍心让他一个人住在学校里？"他自己也立即感到这最后一句说得有点过分，在玛雅脸更红地转过来看着他的时候他立即又放低声音说："我是说真的玛雅，我们之前不是一直想让他去利恩茨玩吗？你爸妈不是想看看你的弗兰茨吗……"他说着说着就收不住了，玛雅已经急得向他举起了拳头，"我是说真的，玛雅……"然后他又转向卡夫卡："弗兰茨，我是说真的。"

卡夫卡不置一词，他本来想再看一眼玛雅的脸色，但玛雅也正好又转过来看他，他立即又把眼睛对着阿尔弗雷德。

阿尔弗雷德对玛雅说："你把你的行李放我的车上，你和弗兰茨坐你的车。我和行李们坐一车。"

三个人轮流对视着。似乎每个人都在问："可以吗？"不久之后只有阿尔弗雷德问出来："怎么样？我是说真的。"

玛雅再次转回身，转过去的同时再次轻声说道："好的啊。"

"那就好！"阿尔弗雷德拍了拍他的布袋，但这时旁边的盖尔纳说道："哎哟，这么说，弗兰茨女婿终于要拜访丈母娘啦……"阿尔弗雷德很响地咂了一下嘴，对盖尔纳骂道："你过来，"盖尔纳立即放下手上的活儿，一边后退一边向阿尔弗雷德讨饶："哎哟哎哟对不起对不起……我收回我的话……"

大大出乎卡夫卡的意料，和玛雅一起坐在动起来的车上之后，并没有像他之前担心的那样尴尬和紧张。他很快意识到这主要还是取决于玛雅，把行李在阿尔弗雷德的车上安顿好、然后领着卡夫卡坐上她家的车，并且在不久之后两架马车都辘辘动起来之后，玛雅就显出卡夫卡几乎从没见过的沉着和老练。而且这沉着和老练非常自然，没有任何的做作。她舒坦地斜靠在椅背上，翘起的二郎腿甚至搁到车夫室隔板的玻璃上。没多久卡夫卡得出结论，认为玛雅之所以自从坐进马车之后就突然如此老成，是因为她坐进了自己家的马车，有种坐在自己家里、身为主人的感觉。对一个新客即将拜访她家，她似乎毫不在意，倒是一会儿："这帘子终于换了一块新的……"一会儿："我就知道，每次走到卡普芬街这里都要颠三下……"

卡夫卡不喜欢的、不希望谈到的那些话题，尤其是他家里、他父母那些话题，她竟然一个都没问。这份怡然都让他感到奇怪。说实话这么舒服的感觉很少遇到。玛雅没有藏藏掖掖，很快就和他聊起了画画，——这一他们俩共同的特长，也正是他们俩在利恩茨学校之所以被大伙儿说成是"一对"的主要原因。她说她给上次她画的那三棵树上了色，而且还是水彩，卡夫卡问她水彩怎么盖得住最初钢笔的线条，她顿时害羞了："就是呀，一点也不好看。以后要上色的画，就得用铅笔。"

然后她又说："我还是不喜欢画阴影。"

卡夫卡想说"我也是"，但他没说话。他听着车轮滚滚向前，不知道即将投入的是一个怎样的村庄，也不知道玛雅的父母是怎样的人，会怎样对待自己，他们完全可能不喜欢这么一个冒失住到女同学家里的男生。而且自己和玛雅算什么呢？我能算是她——"男朋友"吗？除了同学们的玩笑和捉弄，实际上他们俩几乎没有私下说过一句话。他突然又想到自己的父母，不知道他们现在在哪里，他还担心三天后玛雅是否会叫马车把他送回学校，否则他怎么见到来接他的爸爸。他正想着这些，玛雅掀开帘子往外看，车外的光线照亮她的脸，他看着她脸颊的弧线和弯曲的睫毛，一瞬间他发现她比他原先感到的要美得多，这时马车一抖，他的目光随之不小心落到她的胸部，他吃惊地发现她的胸脯竟然微微地鼓起，他被这个发现惊吓，立即转头看向前方，但他脑子里摆脱不掉刚才见到的隆起，不过他想：它们会不会是因为她弯着身子、衣服被挤得拱起？前面隔板的玻璃正好反映着她明亮的脸和胸，他不禁仔细看，最后他明确地发现它们不是衣服的拱起，因为他看到她两边有着同样的隆起，而且在棉袄的包裹下，那两个隆起隐约实在地显出两个小小的球。一瞬间他听见自己的心在后脑勺上扑通扑通地跳，喉咙里也顿时干渴发黏。他好像看到自己的血在黑暗之中上下奔流，但他还是不能制止自己脑子里的想象，他仿佛看到她的衣物层层打开，她那两朵凸起的胸脯静静地竖着，就像两支小蜡烛……

"我感觉天要下雪。"玛雅放下帘子，对着车里说，好像既是告诉卡夫卡，也是告诉前面的车夫。

他本来想说"是吗？"但他没出声，好在他没有僵滞不动，他向自己这边的窗口转过身，也掀起帘子，朝外看去。细瘦的树干一棵接一棵在窗前闪动，路下面是宽广的农田，田里什么庄稼也没有，净是平整的土，天确实有点阴，但看不出要下雨甚至下雪的样子。他刚要放下帘子，一群乌鸦从空中落向田间，卡夫卡盯着它们，头一点一点地向后移动。

马车突然慢下来，玛雅一边问车夫到哪里了一边自己打开帘子看，在车夫回答的同时她立即叫道："啊呀约瑟夫停车，我们下来。"

"这就是我们村口。"她让约瑟夫先赶车回家，"你赶紧去帮阿尔弗雷德搬行李吧。我和卡夫卡慢慢走回来。"约瑟夫刚准备赶马她又叫道："放下行李阿尔弗雷德就先回去吧！"

车动起来之后她转身对卡夫卡说："他也还没回家呢，别让他等我们了。"而卡夫卡正看着面前高大的牌楼和村口的建筑，"怎么这么奇怪？你们村的房子怎么这么古老？"路两旁的房子全是两层的木楼，屋檐都带着尖角，而且看起来没间隙，全都连成一片，只有一道道木墙隔开了家家户户。长长的走廊上吊着一盏盏防水灯。

"哈哈，好玩吧？一直就是这样。"他们走起来。牌楼过后就是一条窄窄的通进村里的石板路，这些石板每一块都很大，全都磨得光溜滴滑。在石板路的两边，也就是木楼门前，各有一条渠道沿着路和木楼延展，卡夫卡有意走到边上往渠道里看："哇，水好清啊！"而且更让他吃惊的是，和他刚才"可能没有水"的想象相比，渠道里不仅有水，而且它们流得好快啊，简直可以说是急速流动，而且这么快的速度，却一点声音都没有，真是不可思议。

两边的木楼紧紧地挤着他们。有那么一会儿，卡夫卡觉得走在梦中。

刚拐了弯，玛雅就跳着往前飞奔："妈妈！"随即就扑进她妈妈的怀里，之前她一直站在门口张望。随后她们转过身来，玛雅爽朗地向卡夫卡伸出手："妈妈，这是我的同学卡夫卡。"她妈妈只笑盈盈地说了声"好"，就把他们都让进家门。卡夫卡不能知道她是喜欢还是不喜欢自己，但她就好像家里没有来了陌生人，就好像自己不存在似的……说话间他们穿过最外面的厨房和餐厅，卡夫卡看见前厅和后厅连接的楼梯口，在一堆篾器和几个竹篮之间，坐着一个似乎更不存在的人，——而那毫无疑问是玛雅的爸爸，而且玛雅已经叫他了："爸爸！"叫得比刚才叫妈妈时还要响亮，声音里充满了久别重逢的惊喜；在她叫的同时，他拿下嘴里的旱烟杆，抬头朝玛雅和卡夫卡满脸欢笑："来啦来啦？"卡夫卡也立即像刚才朝玛雅妈妈点头叫"阿姨"那样朝他点头："伯父好！"玛雅爸爸听了又连声说道："诶，好，来啦来啦。"他说的是"来啦"，他连"回来啦"都不说，好随和啊，怎么感觉自己根本不是陌生人，就好像是经常来他们家一样、甚至，就感觉自己早就是他们家一员似的……卡夫卡这么想着，不禁充分融化在这屋里微暗的光线中，心里不禁瞬间感受"未来，我就要和他们、和这样一家人生活在一起了吗？"——他仿佛又听到自己后脑勺上的心跳声……他抬头，看见后厅门外的亮光，能够感到屋子很长，感觉后厅后面至少还有一个房间，而那个开着的门外，好像是一个院子，有两株树的枝桠伸展，树枝上好像还有朵朵白色的花。

088

玛雅飞快地往后院跑，她妈妈跟在她后面："慢点慢点，别摔了！"她们母女俩都走出后门、走进庭院、走进庭院后面的房间。卡夫卡一开始跟着她们走了几步，但后来很明显他感到不再方便继续跟进，就停下来，他停下来时，发现自己停在后厅的前半部分靠近楼梯的地方，楼梯这边，是自己，楼梯那边，是玛雅的爸爸，他在这个中间地带站定，一动不动，瞬间感到一丝尴尬，但玛雅爸爸拨弄竹篾发出的哗哗声立即又让他放松下来。他转着身，打量楼梯附近的角落，这里的光线更暗一些，但楼梯扶手和木柱子上都闪着油光，这些木器，这间房子，已经经过玛雅家多少代人年年月月日日夜夜的碰触和抚摸啊。这厚厚的光亮让他感到安宁，就仿佛这些木器上的光亮也曾经有他的一份儿。他看见东墙上贴着一幅玛雅的画，就走近去观赏。画的是一株梅花，看得出来，底下的主干后来被反复加粗过，可能是因为后来顶上的细枝和花越画越多，主干就越发不够粗壮。卡夫卡注意到，这张画纸微微泛黄不是因为挂在外面的时日已久，而是它的本色就是微黄，而画纸边缘还很硬挺，所以卡夫卡感到这张画并不旧，可能是不久前才画的。

玛雅再次冲出来的时候，卡夫卡发现她换上了一件大红色的短袄，脚上蹬了一双皮靴，她在学校里从来没有穿过这么鲜艳的颜色，现在她就像变了一个人，卡夫卡忍不住朝她多看几眼，但又提醒自己注意礼节。他收回目光时突然想到一件重要的事，于是重又抬头看她，果真，由于短袄的紧致，她胸前的隆起现在是分明的，在红袄的包裹下，那两块隆起更加光滑圆润……但，卡夫卡问自己：其实也并不太鼓吧？是不是自己已经认定它们隆起，所以看上去就很鼓呢？他不禁低头看一下自己大衣里的胸口，也看不出什么可以作为对比的参照。

玛雅妈妈把他们往餐厅赶，晚饭开始了。刚才在厨房拾掇的老阿姨点亮了蜡烛，白亮的烛光使卡夫卡发现窗外的天色已经灰暗，灰暗中带着一点点蓝。烛光照亮了食物，大虾、白鳝、烤鸡大方地伸展在大盘子里，其他菜也闪着油亮、冒着热气。他们家的餐盘特别大，显得既笨拙又好客。她爸爸早在大家入座前就已经一个人在慢慢地喝酒。他面前还有一盘花生米。卡夫卡坐下后，倒是玛雅妈妈问道："弗兰茨，你也喝点酒吧？"她爸爸也立即想起什么似的看着他，同时手伸向酒瓶；他连连摆手："啊，谢谢阿姨，我不喝，我不会喝酒。"他们也就都不再劝，欢快地给大家分刀叉。玛雅等不及，伸手拎起一只虾就往嘴里放，然后对卡夫卡嗯嗯指着桌上的菜让他尽管吃，不等他表示，又伸手去撕下一只鸡腿递给他，卡夫卡接过鸡腿，一时不知道该怎么办，但只见玛雅妈妈和佣仆阿姨还在忙着分碟盘，玛雅爸爸在低头捻花生米，而玛雅妈妈已经顾及他拿着鸡腿不知所措，一边放盘子一边轻轻地说："孩子，吃，别客气。"于是他把鸡腿送进嘴里，轻轻地撕咬起来。

尽管他在家里和学校也都吃得不错，但他还是觉得玛雅家的菜特别好吃。每个菜都很好吃。有一会儿他都好想喝上一口。他觉得这么好吃的菜，配上酒那肯定更加绝妙。不过他怀疑是玛雅爸爸享受、沉迷的饮姿吸引了他，而事实上酒一到自己的舌头上，还一定是那不舒服的劲儿。正想着这些，玛雅却叫道："啊，太好吃了，我也要喝点酒！"说着就站起来，俯着身去看她爸爸的酒杯，又看看酒瓶，再往旁边看了一下，没发现别的空酒杯，就端起她爸爸的酒杯，先是闻了闻，然后一饮而尽。卡夫卡注意到在她饮酒的时刻，她爸爸喜滋滋地望着她，模拟着她喝的动作仰头、张嘴然后低头、咂嘴，甚至最后在体会她嘴里的酒的滋味，烛光下亮闪闪的眼睛充满了怜爱。她妈妈却轻轻地叫道："你不能另外拿个杯子吗。喝爸爸的酒做什么。"老阿姨递来一只空酒杯，玛雅从她爸爸手里接过酒瓶，给自己倒了满满一杯。看着这饱满深红的琼浆，卡夫卡再次生起馋意，很想深饮一口，但他知道自己刚才已经说过不喝、不会喝酒，自己不能出尔反尔而且不顾礼节。倒是玛雅彻彻底底让他看到了一个完全不了解的人，她前前后后至少喝下七八杯，除了脸颊微微泛红，没有其他变化。而脸颊发红，卡夫卡想，就连自己和玛雅妈妈还有老阿姨三个滴酒未沾的人，吃了这么久、说了这么久，脸上也都有了红光。

　　晚饭后玛雅妈妈和玛雅领卡夫卡上楼，"你就睡这儿。"然后玛雅妈妈下楼去给他捧被褥。最后老阿姨也捧着一床被褥，她们一共捧来了四床被褥，把楼上的小床铺得厚厚实实，看着就暖和。随后玛雅妈妈和老阿姨下楼，玛雅突然说："我也先下去一下，我等会儿来。"她们都下去之后，卡夫卡用力往床上一躺，被弹得直晃的同时，他发出舒服的叹息。他双手枕在脑后，转着眼珠看屋顶上的木梁，又看有窗的北墙，墙上挂着七八幅大大小小的画，他立即扫视那些画幅，没有看到自己送给玛雅的那幅玉米地的桥。他不知道玛雅把它放哪里了。也许根本没有挂起来。只压在某些书堆的角落里。也许玛雅自己也不知道丢哪了吧。门那边的墙上挂满了奖状。他躺着，重新远远地看那些玛雅的画。大部分是树、花，还有鸟，只有两三幅是人像。他盯着那几幅人像看，其中一幅很明显是临摹的丢勒的《母亲》，顺着这一幅，他立即看到旁边一幅仍是临摹的丢勒的《祈祷的手》，即便隔这么远，他还是看出下面那只手的小指弯曲得不是很自然，而且修改过多次，烛光能照亮那里重重的笔迹和凹陷。没多久玛雅上来了。卡夫卡发现她的脸比刚才还要光亮，好像刚才在下面梳洗了一番，果然，她脱去了皮靴，换上了一双肥大的红棉鞋，衬得她的腿更加细长。她捧着一大堆纸、书，中间还有一只红木盒子。

　　"我给你看好东西。"她把东西全放在桌子上。卡夫卡走过去，看她打开的一幅幅册页，他看到了从来没有见过的画种。那些画全都没有颜色，仿佛只用墨水，但那些墨色有浓有淡，往往一个线条里也有浓淡变化；这些画用笔极其简洁，几乎每一个形象都是一笔带过，而这些笔画有粗有细，往往一个线条从头到尾就忽粗忽细，充满着变化；玛雅打开的三幅，一幅是一只秃头秃脑的鸟蹲在一支荷叶杆上，另一幅满纸就画了一条鱼，还有一幅一艘小船停在山崖下的江边，但是奇怪的是，这些画都大片的空白，江，并没有水，山也是寥寥几笔，没有画满……

　　"这是什么？这是哪里来的？"

　　"嘿嘿，"玛雅开心极了："喜欢吧？觉得奇怪吧？"

　　"这些画好奇怪啊！它们为什么都空空的？"

　　"就是这么奇妙。它们真的跟我们这里的画完全不同……"

　　"它们是哪里来的？"

　　"十月份的时候，我舅舅给我带回来的。他在日本……"

"日本！……"

"不过这些画不是日本的，它们是中国画家画的……"

"中国！"卡夫卡不禁把册页托在手上，凑近烛光更仔细地看。"好奇妙啊！跟丢勒的画完全不同。跟梵高的画也完全不同。它们都只需要画几笔，你看，其他地方全空白……但这一幅，你看，还写了这么多字，这些字好像也是画的一部分……"

"是的！我舅舅说：中国人的字就是画，而且这些字，都是诗。"

卡夫卡不再说话。他明显是被玛雅刚才这几句话吸引住了。"字就是画，字就是诗。"可是没法认识这些字。他静静地盯着那只鸟，它缩头弯腰，只有一只爪子抓着荷叶杆，另一只爪子也缩着，仿佛在打盹，又仿佛在戒备，但又好像什么都不是，只是无所谓地孤立。他看着构成鸟身的墨块，甚至完全能够数得出，最多三五块，然后那些细笔勾出尾翅和喙，他想象着画家，那个留着长辫子的中国人，在纸上勾画；他眼睛慢慢出神，但余光里玛雅扑闪的睫毛逐渐清晰，他不禁透过她的睫毛斜下眼睛，看到她在烛光下隆起的胸部。它的圆鼓鼓和鸟的胸脯的圆鼓鼓非常相像，只是她的胸脯更吸引他的眼睛，而画中鸟的胸脯却更吸引他的心神，他既想拿眼看她的胸，脑子里又不断想着这灰黑透明的鸟。瞬间一个斜光在他脑海里闪烁，使他顿时重新意识到他现在正身处一个陌生的、全新的屋檐底下，这新鲜的家的气息拥抱着他，他真想就此躺倒不再起来，不再离开，不再回到自己父母的家，也不再去学校，不再去任何地方,就永远躲在这个新的屋子里，和玛雅、玛雅的爸爸妈妈生活在一起，生活一辈子，永远不出门……

"而且你发现没有……"玛雅突然说："他每幅画上都还有红色的字，每幅上都有好几个，每个都不一样……"

是的，他刚才也发现了，但是他来不及一一指出。有些红字其实是白字，字旁边是红色，就像先涂好一块红色，然后在这块红色里再画出了白字。这些画上就只有黑和红。"原来画是可以不要画满的……"过了很久，他说出了这句。他转过身，现在他很愿意好好看看玛雅，看她光洁的脸，看她被小巧玲珑的短红袄包裹着的身体。

"但是跟我们的画比起来，他们的画没有细节。"玛雅迎着他的目光，语气并不那么笃定。

"细节。"卡夫卡重复道。"是的，没有细节。我们的画纤毫毕现，枝叶的脉络都要画清楚。但是，我并没有觉得他们的画不好，不，不仅如此，我是觉得他们的画也非常非常好，我很喜欢，说实话它们同样有震撼力。它们很简单地震撼我们。"

"我觉得不是震撼，是击中，击中。因为它们的形象单一，集中，所以更容易击中我们。"

"击中，击中和震撼有什么不同吗玛雅？"他差点在最后说成"我的玛雅"但是在话出口的瞬间他准确地删掉了"我的"，他为自己的机灵而激动，"更重要的是，他们的画，更激起我的想象！想象！……"

"想象，"玛雅嗫嚅着，

"是的！也许正因为它们的空白，省略，你看，他其他的什么都不画，这里，你看，没有水，但是船浮着，他不需要画任何一笔水，但这里必定水面宁静，微波不兴。还有这条鱼，整个画上就只有这条鱼啊，它游在什么里面？是水吗？"

玛雅仔细盯着那条鱼，"那是什么？"

"它好像游在水里，但又好像不是，这整个空白的地方，你既可以说它是水，又可以说它什么都没有，只是空气。"

"空气……"卡夫卡有点意识到玛雅似乎有点睏了，毕竟她喝了那么多酒……但是他多么不希望她此时就下楼、离开他，去院子后面的房间睡觉。他好想她能陪他一晚上，一直到天明。但是他知道此刻夜已经深了，现在至少已经九点钟了。若是在学校，也已经到了熄灯的时刻。他看着玛雅盯着画中的空白发呆，不禁焦躁地忧虑时间的流逝。但玛雅突然恍惚地抬起头："弗兰茨，被你一说，我真的感到这条鱼它并不真的游在水里，你看，它像不像飘在空中？"

卡夫卡心里咯噔一下，今天她为什么能够随随便便轻轻松松就说出让他的心咯噔一下的话来？一瞬间他很想抱一抱她。或者捧一捧她的脸蛋儿。他盯着她，他们互相对视着。就像他刚才的话激发了她的想象，现在她的话又激发了他的想象。"所以，他们没有画水，在该有水的地方他们留下空白，却能让我们感到比水更多的东西。"

在激烈的讨论中，两个人更加感到这些画的精妙，不禁再次把它们一幅幅拿起来仔细欣赏。"其实也不能说他们的画没有细节，"玛雅突然说，"只不过他们把细节也精简了，只画最有特点的细节，你看这鱼身上的斑点，鱼翅，还有眼睛……"卡夫卡连连点头，他又把那幅鸟拿过来，正在看的时候，玛雅低声地说："不过，弗兰茨，我睏了……"

卡夫卡看着她，刚才他意识到她睏的时候她却没有表示，他以为自己多虑了，没想到现在她在完全没有防备的时候还是突然说出来；他抿着嘴苦笑了一下，然后说："我们再说一会儿，好吗？"

"当然好！"她在椅子上坐下来，不过马上又站起来，拿起刚才一起捧上来的纸："对了，他们，中国人，他们的画，就是画在这种纸上。"

卡夫卡接过纸，在烛光下仔细看，然后又把它铺在桌上，用手指抹着，"这么薄，"过了一会儿又说："这么软。"

"嗯，"玛雅懒洋洋地靠在椅背上，离烛光很远。"不过舅舅只给我带了一张，我一直没舍得用。要不然我们明天先裁下一半试试？"

"那太好了啊，"卡夫卡说，"或者只裁四分之一吧。"

玛雅走出房门，下楼梯，卡夫卡在房间里呆呆地望着刚刚被她关上的门，听见她下了两节楼梯，停住，莫非她改变主意了？会回来继续陪我说话？果真，玛雅又推开门，诡异地一笑："我本来想在门口等一会儿，然后突然回来吓你，但是我想到你听不到我下楼的声音，就一定知道我躲在门口……好了，现在我真的要回妈妈那边了。"她突然停住，低头想了一会，"弗兰茨，我不喜欢和你道别，但我还是希望你睡得好……"说完就退回黑暗中，并带上了门。卡夫卡听着她下楼的声音，步子不快，但也不慢，每一步算得上沉重，但也不特别沉重，漆黑的楼道也不能指望她下得很快。他一声不吭屏住呼吸，直到她下完最后一节楼梯走到一楼地面。他听着她拐弯，穿过后厅，打开后厅的门，……但是，声音停住了，……什么？她又回来了？！卡夫卡简直激动得有点紧张甚至害怕，他朝门走了两步，又停下，听她回来的声音，但她的脚步并不急切，但比刚才离开时要快……在她重新上楼时他打开了门，她一摇一摆快步登上来，她仰着的脸上浮现着神秘的惊喜，"弗兰茨，"她压低着声音叫道，有点气喘吁吁，"下雪了！"

他伸手去拉她，她随后推着他走到北墙的窗口，她掀起窗帘的一角，让她和卡夫卡的脑袋都看着外面，才放下窗帘，让它盖着他们俩的脖子。

窗外，蓝亮的夜空下，大朵大朵的雪花正团团往下落，卡夫卡从来没有见过这么大的雪花，但是奇怪的是，这么大的雪花，却一点儿声音也没有……当然，他当然知道雪花落地都没有声音，但他觉得现在，现在这比任何时候都要大的雪花，就像梧桐叶那么大的雪花，却比以往任何的雪花落下还要安静，好像正因为它们太大了，它们自己往下落的时候形成了风的阻力，一边落一边悬浮着飘起来。

他和玛雅久久地看着雪。这时间停得足够久，以至于卡夫卡虽然眼睛看着窗外的雪，但脑海里看见的是他旁边的这颗脑袋，这颗正在呼吸着的、有着温度的脑袋。他在想，如果他往右移动一点儿，他的脸就能贴到她的脸，他的嘴，就能，贴到她的，嘴唇……这，就叫，亲吻吗？可是他知道自己一动也没动。他脑子里越想着她的脸，她的唇，他就越像一座雕塑一般凝重。他，确切地说是他们俩，就这样越来越久地看着雪，直到他自己非常清楚他已经不想看了，也什么都不愿意再想了，他感到自己因为久久地趴着已经趴冷了，他甚至也感到了困意，而且这困意一旦来临就如此的不可阻挡，他甚至咬紧牙关忍住了一个呵欠。这时玛雅站了起来，他也随之站直，从窗口退出来。玛雅放好窗帘，突然朝他歪头一笑，然后在他头顶拍了拍，轻声地说："晚安。"就转身下楼。

这一次，卡夫卡没有聆听她每个离去的脚步。他确实困了。他关好门，开始脱衣服。只是在脱衣服的过程中，他仍旧能够听见她走向后房的脚步，直至最后，他听见后房门清晰的插上插销的声音。

他钻进被窝，床铺真的和想象中一样的舒服。他原本还想回想一下刚才、或者今天一整天、所有美妙的细节，但当这个庞大的冲动涌上来的时候，他几乎立即困得睁不开眼，他意识到自己只要头一歪马上就能睡着，于是他把自己撑起来，用力吹灭了蜡烛，迅速覆盖下来的黑暗更加推动了睡意，在厚软的棉被和浓重的黑暗的双重覆盖下，他几乎在几秒之内就进入了沉睡。

毋庸置疑，他做了梦。但直到很多年之后他都记得，他的这个梦是在他睡着很久之后才开始的。而且做完这个梦很久之后，才又醒来。所以这个梦并不刺激，他不是被梦惊醒的。他梦见他蜷缩着，在灰黑中追逐一个不大的、蛋黄似的太阳。也谈不上是追逐，因为他始终抱着膝盖蜷缩着，在空中散漫地飘着，分不清是他追着那个小太阳，还是小太阳吸附着他，他始终和它保持着若即若离的距离。他只知道他像一颗滑动的水珠，在空中飘动，但是有太阳的光热呵护着他，他始终被焐得暖和温热。

他醒来时仍旧是黑夜。他是自然醒。他能记得那个梦已经是很久之前做的。并且之后没有再做梦。他听着外面的声音，确切地说是寂静无声，于是他知道雪还在下，那大块的雪花还在落。随后他明显感到内裤很不正常，他伸手去摸，发现前档处硬硬的一块，他很奇怪，不知道这是怎么回事，他摸了很久，想不出这是什么，不禁起身，点亮蜡烛，他站起来，在烛光下看内裤，发现这块硬斑边缘有红红的轮廓线，而硬斑中间，更有一朵红色的、指头大小的圆点，就像梦中的那个小太阳。"还有这么奇怪的事吗？"他在心里对自己说，"梦里的太阳这么快就移到我身上来了吗。"

2015/11/6

黄 山

一

　青，你一定不会想到我这么快就能给你写信。其实连我自己也没想到。虽然一整天我一路紧赶慢赶，想着把所有杂事尽快做完，但我仍旧没有想到现在，此刻，我果真能够坐下来，开始跟你说话。看着眼前洁白的纸，我几乎不敢乱动，担心汹涌的墨水瞬间将它们全部淹没。

　一路上，火车带着我飞奔，窗外的景物哗哗流动，一路上，我虽然心神恍惚，但我时时都在想着和你说话，在想给你说话，在想着要跟你说什么。但现在，昏黄的灯光底下，我突然不知道说什么才好。

　相信你不会认为我是对你无话可说吧？倘若我对你都无话可说，那我在这个世界上还能对谁说话呢？

我已在南京。旅馆看起来不大，但还算干净。并不是一切都已安顿好，但我也并不清楚究竟都有哪些需要安顿。一定还有一些需要我去做的，但一切也都并不迫在眉睫。那就等它们来到眼前再去面对吧。

当火车那"咔嗒、咔嗒"的声音响起来，就好像我们最喜欢的那些歌在耳边飘起来。今天的阳光特别好，外面的树全都绿得刺眼，黄绿色的新叶被阳光照得油亮，田里，旷野上，野花凄迷，成片成片的青草像柔软的地毯，风把它们吹得起起伏伏，我才发现我这是已经多久没有看过外面的景色了啊！我一直开着窗，让风灌进来，风裹着阳光把我的眼睛吹疼，我就一直眯着眼，一刻不停地看着窗外。这么明媚的春光，我心里却很难过，我想，如果这是我们两个人的旅程，会是什么样子呢？想起来，至今我们还没有一起出过校门，我们几乎没有在一起并肩走过路……甚至就像你说的，我们真正在一起的时间是多么少啊。

每当我离开你，我仿佛就离开了整个世界。所以当我知道这次离开已成事实，我就想离开得更彻底些，这也许就是我抢着"打前站"的唯一原因吧。我渴盼离开那个集体，我渴盼离开所有的集体，走在前面或者后面或者旁边。只有当我是一个人的时候，我才完完全全和你在一起。才能够安安静静想我自己的事，想你。

你走了之后，整个学校对我来说都是空荡荡的。我时常在校园里极目四望，不能相信你已不在这个围墙之内。无论我在朝什么方向走着、坐着、躺着，我心里的眼睛都一直盯着吴桥小学的方向，想象在那个你正在实习的学校，你正在做些什么，你一切是否安好。

　　我临走前收到你的最后的信里，你问我为什么要一个人独自"打前站"。你为我担心。亲爱的，别担心，我也不是小孩了，一个人出出门对男人来说是有好处的。接受"打前站"这个"任务"的时候，我几乎是毫不犹豫的。但这样说也并不对，其实我当时谈不上"毫不犹豫"，当时周大鹏在说的时候，我并没有认真听，我的思绪在远处飘飞，也不时地想到你，只有少部分的心神在听他安排行程，恍惚中我突然听到了"打前站"这几个字，听到他在询问"谁去打前站？"说实话当时、包括直至此刻，我并不完全了解这个词的意思，我想全班也没人知道那是什么意思。我是在听到的一瞬间，仅仅凭听觉理解了它，至少我的耳朵认为它是需要一个人提前行动、单独行动。这就够了。我想要的就是单独。

　　这座旅馆就在火车站旁。我唯一重视的就是干净。我是看过三家之后挑选的这一家。我已经为他们订好明天的床位。之前我也已经给他们买好了后天去黄山的火车票。旅馆并不像我之前预料的那样紧张。不过我的预料也是周大鹏他们影响的。这家空荡荡的旅馆甚至让我到现在都不能真正明白：为什么一定需要"打前站"；其实完全可以大家一起来到南京，然后买去黄山的票。……不过，我现在这么说的时候，突然又纠正了自己：确实还是需要打前站的，因为并不能保证能立即买到票。

　　亲爱的，当我们距离遥远，我比我们在一起时更加想你。有时我多么希望眼前的日子就像日历一样能够轻易地撕去，能让我们、尤其是我都更快地长大一些，那时我们早已离开了这个鬼地方，我能有自己的事业，使你、我们过上幸福快乐的生活。

可是，我的事业是什么呢？绘画？艺术？我现在越来越不能确定。我只知道我肯定不会服从分配去做一个小学教师的。当然我不是瞧不起教师这个职业，我只是说它不适合我。

其实我并不想说这些，我不想对你发牢骚。说起这些只会让你对我更加担心。我不想你为我担心。这些事本来就应该是我自己思考的。我也确实随时随地在思考这些。请你相信我一定能尽快找到我真正的理想并为之努力。请你牢记暂时的别离只为开创一个新的前途。

而这次分开，将是一次多么奇特的别离：我一路都在漂泊，我没有一个固定地址，你没法给我写信。就只有我一个人对你说话。好吧，我接受命运再次的考验。我一定抽出我所有的空暇，争取每天都给你写信，告诉你我每天的行踪，不让你有一丝一毫的牵挂。

青，亲爱的，夜已经深了，我等会儿会把这三页纸叠好，装进信封，在睡觉之前就把它投进邮筒——让人高兴的是，下午我在找旅馆的时候，就发现这家旅馆附近的街边就有一个邮筒，哈哈，你没想到会这么方便吧？！真希望这封信一写完就能飞到你的手上，可恨的是邮局要让它至少走上三天，等你读到它的时候，我可能已经在黄山顶上了。

说到信纸，我再写几行。我带出来的信笺因为放在包里揉得有点皱，今天用的这个是我刚才在旅馆外的店里买的，你一定也看出来了，上面有南京的标志。新纸虽然平整，但墨水写上去竟然有点化，有几处我笔尖停得稍久就有小墨点，盼望你不要介意。我明天会重新买一本，接下来的信就不会有这样的问题了。好了，这页纸也到尽头了，我先写这些给你，盼你一切安好，亲爱的，吻你。

二

下午我去车站接了同学，还有周大鹏和李文祥。他们见到我，都很开心，像久别重逢似的。这样的经历确实不曾有过，我一个人先打前站来为他们安排住处、买票，感觉确实有点像战争时期的"先锋队"。不过我也就开心了一小会儿，因为很快就知道，同学还是那些同学，老师还是那些老师。他们仿佛又把整个学校拖近了我。唯有想你才是我想做的事，对他们，我只不过是"完成任务"罢了。

现在旅馆里充满了欢声笑语。越是如此，我心里就越感到孤单。刚才我在走廊里溜达了一阵，试图看看有没有一个安静的房间，我可以躲进去给你写信，但没有找到，于是我现在就在房间的桌上给你写。不过还好，他们并不能打扰我。他们在弄行李，在说笑，还准备约着打牌。刚才也有人问我在做什么，不过他们一看我在写东西，似乎也就立即明白了，也就不再来打扰我。

　　明天，我们就要踏上正式的旅途了。也就是说，我和你的距离也就真正地开始更加遥远了。不知道你现在在做什么？晚饭吃了吗？晚上是否需要备课？你的那些孩子们是否听话？有没有欺负我们的梁老师？哈哈，想到你站在讲台上的样子，一定很严厉，那些小孩一定很怕你。

　　很久以来，我对绘画已经越来越没有兴趣。至少我丝毫没有像他们这样兴奋，为出门写生准备了上好的纸、上好的颜料，有的人还重新买了画夹，还有人买了水壶什么的。似乎画材越好画出来的画也越好似的。我是到了临走前一天，才匆匆忙忙买了一些画材。现在很多时候，我总变得心神不宁优柔寡断，走的时候不知道要走，停的时候也不知道要停。其实，只要与你无关，我就都不想去做决定，也往往都不知道该怎么做。我所有的心，都在你身上。而且，更重要的是，现在的我并不知道自己要画什么。也不知道应该怎么画。想到这些我脑子里空空的。想起来，自从爱上你，我就对别的什么也不感兴趣了，好像每天每夜唯一重要的事就是想你，每天一整天，似乎都是在等晚自习结束后和你那短短十分钟的见面。那短短的十分钟。那黑黑的十分钟。我们什么时候才能不必害怕别人的目光？是不是等我们都毕业离开了这个学校，就可以正常地爱？

　　亲爱的，你千万不要因为我刚才的话而误会，我的意思不是说你导致了我的学业止步不前。事实上是这个学校，是这些老师，让我不再喜欢画画。当我想到李文祥代表着素描，周大鹏代表着色彩，我就恶心、要吐。但其实我非常清楚，表面上现在我画得很少，原先一些人也都赶上来了，但我知道只要我认真画上几笔，还是会比他们画得好。我这不是骄傲，请你相信我。他们最大的问题，是没有感觉。

刚才周大鹏找我了，所以我先把给你的信收起来，现在我重新来写。他找我是结账的事，我出来时他先给了我钱，我要把账和他结清。结完帐他又跟我谈了一会儿话，我最烦的就是跟他说话。你的比喻真是太妙了，他那鸭嘴总是一撇一撇，两只眼睛在眼镜片后面大而无神地看着我。和他在一起，脑子里就是一片空白，不知道他要说什么，我也更没有什么想说。还好刚才他没有拖我太久。我真担心他又是婆婆妈妈一大堆没完没了。

可是我现在也必须搁笔了，时间已经不早，我今天必须把这封信寄出，因为明天一天都在路上，也不知道几点钟下火车，以及落在什么地方。其实我对去向哪里一无所知也毫无兴趣。

希望你一切都好好的，亲爱的，想念你的唇，吻你。

又及：这两天气温不稳定，昨天很热，今天又很冷，你要保重你自己。不要感冒。

三

亲爱的，你完全不能想到，我们现在住在什么地方。我们今天一整天都在火车上。直到傍晚才到黄山脚下的镇子。我们现在就住在山脚下村子里的农民家里。是的，农民家里。不过看得出来，这是条件比较好的农家，旅馆就是他们家自己开的，房子好多。这可是真正的山村，晚上连电灯都没有……没错，我现在就是在煤油灯下给你写信。我们是很多人睡在一个大房间里，房间里有很多床。刚刚才知道这种房间叫"通铺"。晚饭也是在农民家吃的，不过，他们这里的菜真好吃。

我们明天一大早，五点钟就要起床，上山。所以我们基本上行李都放在自己床边，一副急行军的样子。

在镇上，包括后来到了村子上，很多同学已经假马日鬼地开始画速写了。我也画了几幅。甚至，到最后我总量应该画得不比他们少。因为我速写画得很快，也画得不错（别笑我，我没有不谦虚，实事求是嘛），所以我一般只要他们一半的时间，就能画得跟他们一样多，而且质量不低。嘿嘿。要真正画起来，我肯定还是最好的。他们后来又像以前一样，过来看我画。

我终于还是要说（你不会怪我吧？）：2号，5月2号，19900502，我永远不会忘记。你让我看到不一样的、更美的你。它也促使我要更快地长大。多么希望每天都像那个夜晚。可是我好像又怕它的到来。我是想说，我心里，并不为那天晚上我们没有做成而难过。甚至我为我们没有做出最后一步而感到幸运。我总是觉得，我对你的爱不允许我去——伤害……你。但我也不知道那算不算伤害？因为我心里的另一面，似乎又很想要……我不知道该怎么说该说些什么，如果说了你不想听的话，请你一定要原谅我。

　　我这封信只能等到明天登上黄山给你寄了。今天在镇上我一直没有看见邮局和邮筒，不知道明天起床后从哪里上山，上山的路上是否能够遇到邮局。但愿有好运。

　　我要睡了。他们在催着都要就寝了。祝你一切都好，特别你要注意身体，不要感冒。永远爱你！

　　又及：如果明天之后没有方便的邮局，我仍旧会给你写信，只要有空闲时间，我就会给你写，等遇到邮局，我一并给你寄去。放心亲爱的。

四

　　亲爱的，我知道你等得很着急，但非常倒霉的是，我到现在都还没有找到邮局。而你一定不能想到，此刻我给你写信的时间，我还从来没有在这个时间给你写过信。现在是凌晨 4 点 16 分，外面天还一片漆黑。他们都去看日出了，我一点兴趣都没有，本来想继续睡去，但被他们吵醒之后再也不能睡着，而且，最重要的，我必须给你写信了，哪怕我找不到邮局、你不能收到我的信，我也必须写了，我不能再等下去了。如果我再等下去，那我这次来黄山就没给你写几封信，想当初我还要求自己每天都要给你寄信，以我的信给你排遣寂寞，现在已经不能实现这个愿望，想到这一点，我很心痛。

可是，我又想，信没法寄出去，我写了你却收不到，又有什么用呢？纵然我每天都写，你每天还是在为收不到我的信而不安，我这样写了还有什么意义呢？前两天每当我想要提笔，都因为这个原因又打消了念头，这是不是就是人们常说的：没有听的人，也就不想说了？

可我冥冥之中觉得还是要写。我相信你也会这样希望。你一定希望我不管能不能寄出信，都必须给你写。即便你没法收到我的信，但你仍旧在听我说，不是吗？而况，说不定明天就能找到邮局呢？如果突然有了邮局，而我却没有写信，这不是更大的错过吗。就算累积了很多信一次寄给你，也好过这样一天天空空地浪费掉。

这两天的辗转忙乱，我现在已经不知道从何说起。但事实上也没什么好说的。无非就是爬山，写生，住宿。

事实上前天，也就是我写完上封信的晚上，大家都睡了之后，我又一个人起来，准备摸黑去镇上找邮局，但刚走到门口，旅馆的狗叫起来……随后周大鹏就看见了我,我只能假装说上厕所,所以后来也没去得成。

紧跟着第二天,也就是前天,我们天没亮就起床,坐大巴赶到黄山入口处。我们是坐缆车上的黄山。听说这种缆车才造了没几年,在国内还很先进。我们都感到惊险刺激。特别是当缆车离开支架之后会一下子往下降落,这时整个缆车里的人都会惊叫起来。在高高的缆车上,有一刻我突然想到了死。想到在这半空中突然有人坠亡,所有人都会为他惊悼,也都会纪念他的亡灵。这样想起来,死者并不一定是不幸的。

刚才我停下来了,因为他们看日出回来了,说旁边有很多清泉,洗脸之后非常清新,我也去洗了,确实,泉水冰凉彻骨,沁人心脾。出来这么多天,就这些山泉让我觉得羡慕,它们生活在这里多么美好啊。现在天已经开始亮了,你应该还没起床吧?!在遥远的天空底下,我的牵挂在轻叩你的心门。

今天我们还会在这里停留一天,这里山势比较平整,左右都有很多景观可供大家写生。但我没觉得这些风景有什么价值。感觉画出来也都是以前那些画面出现过的样子。无非就是一些山峰、云雾、松树。不过能出来散一下心,还是不错的。山上空气清新,比下面要冷,幸亏我还带了毛衣,有的人衣服没有带足,互相之间就常常借衣服穿,经常看见谁谁穿了另一个人的衣服,这更让我们看起来像一支军队,特种兵之类的，在山里化妆行动。

五

凌晨的信后来被打断了没有再写下去。现在也没有太多的时间，我们马上要出发去写生，刚刚吃过早饭。我现在急着来给你写几句。

刚刚，我一个人在旅舍旁边的小树林里走，突然，你知道我听到了什么？！在清晨薄冷的空气里，我突然听到熟悉的乐声，我不敢相信，再仔细去听，果然是《大约在冬季》！就在小树林边上的房子里传出来。四周当时并没有其他声音，音乐声不低，感觉是一个大录音机放出来的，但因为房子的阻挡，传出来还是比较朦胧。在这样一个陌生的山谷里，能有齐秦的歌笼罩，这是不是上天给我们的恩赐呢？我全身的毛孔都竖起来，一动不动，屏住呼吸侧耳聆听，恨不得把这宝贵的声音和这山间的空气全都吸进心里，带回去给你一一展开。虽然我希望能听到他更好更重要的歌，但在这里还能有更高的要求吗？别人也一定是顺着磁带的顺序听下来的，不知道之前是否放过前面的那些好听的歌。我甚至想认识这座房间的旅客，喜欢齐秦的人一定有很多话可以说。不过我想他们肯定比我们大，条件也比较好，因为这里的旅舍是独立房间。我盼望我能尽快成长，能尽快摆脱这十七岁的牢笼，能够早日为我们的生活创造条件。我站在那里想把大约在冬季听完，想听听他磁带到头之后是否还会反过来继续听，但心里还是担心这样的可能很小，但就在这时他们叫我了，马上要去写生，我赶紧回来先把这段奇遇告诉你。时刻想着你，爱你。我走了。

六

这些信已经变成了我在自己对自己说话。自言自语。而且我又已经两三天（我根本不清楚到底过去了几天）没有给你写了。而此刻，夜雨，淅淅沥沥的雨声落在异乡厚厚的尘土上，连雨声也和我一样，疲惫无力。这雨声，这下不停的雨好像你的关切，在离别时仔细叮嘱。

不能立即寄出信，确实达到了它的目的：它阻隔了我继续写的动力。我的包里已经有三个沉甸甸的信封。我在它们外面又包了一层纸，担心每天的奔波把它们磨破。

我不会把它们拆开、装在一个信封里。我在邮票旁边标了数字，这样就算你同时收到它们，也能按顺序依次收拾我的心情。

现在是晚上，夜并没深，但因为累，也因为雨，四周一片寂静除了雨声。我们现在在另一个方向的山脚下，大约是在上山前的背面——其实具体是什么方向我也不清楚，——在这个山脚下的一个旅馆里。

昨天和今天，我们的运动量太大了。首先昨天早晨，我们从原住处一直爬到天都峰。因为累我们在天都峰停了很久。盘道旁边就是悬崖，四周都是铁索护栏，最想告诉你的是一件奇怪的事，这些铁索上挂满了无数的锁，密密麻麻，锁上加锁，一开始我们都不知道这是为什么，后来有人告诉我们，这是情侣或夫妇锁在上面的，锁上之后，就把钥匙扔下悬崖，这样两把锁就永远锁在一起，两个人就"永结同心"，所以这种锁叫做"同心锁"。旁边就有人摆摊专门卖锁。我专门去问了价钱。不过我当然没有买，你不在，我锁什么呢？如果你也在这里，我们一定会锁上同心锁，是吗？

后来我在悬崖边凭栏远眺，风很大，我看着远处被阳光照得青翠的山峰，风把茂密的枝叶吹得像波浪一样摇晃，看起来很柔软，我盯着它们看了很久，老是觉得你就隐在那些树林里。在这里他们帮我拍了很多照片。

在路上我们还看到了另一些跟我们年纪差不多的来黄山写生的学生，我看到他们有人的校服上写着"无锡师范"。我匆匆从他们身边路过，我感觉他们画得比我们好多了。在他们面前，我为我们感到丢脸。幸亏我们没准备跟他们在同一个景点写生。周大鹏这种只知道当官的人能教出什么样的学生，可想而知。不过我估计他并不那么想。我们这些学生路过他们时都走得很快，只有他还又骄傲又轻蔑地瞟着那些别的学校学生的画，似乎想让别人也知道他是一位优秀的人民美术教师。……算了，不想说他了。

不过，那群学生中有一个人手上拎着一个塑料袋，袋子里装着一只面包，那正是那次我们在市府广场静坐时你送给我的那种椭圆形的面包，啊，转眼已经一年过去了。好像我从来没有告诉过你，那天你离开之后，身边的同学们是多么羡慕我，羡慕我是唯一一个有女朋友给我"送饭"的人。那块面包被我一口一口咀嚼、吞咽，也许我并不想着咽下它们，于是它们轻轻地堵在我的喉咙里，极慢极慢地往下滑，我的眼泪随着它们的堵塞遮住了我的眼睛，在模糊中我仿佛看到周大鹏他们带来成排的警察把我们包围……正是在那一刻，我仿佛立即明白了你送来的这块面包的含义，也立刻明白了我们这些血肉之躯面临着多么不自知的危险。然而一年过去了，这个世界仿佛没有任何变化，只有我自己从一个少年变成了一个老头。

真正让我比他们更累的，是下山。一开始我们都还走在一起。后来不知怎的，我越跑越快越跑越快，最后一直是飞奔着下山。我以前就听说"上山容易下山难"，这次在山上也不断有别的游客这样说，但我还是扒着脚掌往下狂奔。我超出了他们太远太远，我下来后至少一个多小时之后才陆续见到他们。每个下山的步子都抖动我浑身的肌肉，当时我就知道第二天我肯定要浑身肌肉疼痛，果不其然，没等到第二天，当天晚上，我们在山脚下村子里的旅馆住下的时候，我的脚就像融化了似的又肿又痛，浑身散了架。后来我衣服都没脱，就睡着了。

在山下等车时雨就开始下了。等我们真正下了山，有了路、人、车，我不能相信刚才、前面那么多天，都被崇山峻岭包围。回想起来，当时好像感到怎么也走不出它的包围。我们在一个小店的屋檐下等车，我们都很呆滞，任眼前的雨坠落，任身边的人车串流。那一瞬间，我感到我的青春也都随着时间、随着这异乡的雨消失殆尽。我们就像泥塑一样靠在木板上。整个时间都凝固在那一刻。

在旅馆前，我买了一个斗笠。一路上我什么也没买，但在山下看到这个村子很多农民在卖斗笠，我非常喜欢它。它总让我感到和江湖漂泊联系在一起。但我买了它只是拿着它，我并不想我自己果真漂泊隐逸。我只是喜欢它而已。

突然很累了，写不动了。身边一半人都已经睡着，虽然才八点多。没睡的也都很安静地在弄自己的事。好像大家下了山，都很失落，说不清是因为什么。

真的不知道你这几天到底好不好。首先我肯定知道你已经因为收不到我的信而焦躁。但这不意味着我没有想着你。我是时时刻刻把你揣在心口，奔跑，攀登，停泊，躺下。好了亲爱的，我是坐在床上靠墙写的，腿全麻了，我必须停笔了。愿你能时刻感到我的爱。想你。吻你的眼睛。

七

今天我们仍旧很累，上午我们没有出门。下午，我们去了附近的一个村子，整个村子还保留着明清时期的古建筑。这个村子中间有个圆湖，我们就在湖边又画了很久的画。我在这里画了一幅不错的水粉，可以说非常满意，李文祥也说好。我想把这幅画送给你。毕竟，我还没有送过作品给你。现在，终于有了一幅可以拿得出手的礼物了。

后来，向导带领我们参观这个古村。我一点也不喜欢这样的村子。这些古建筑不知道有什么好。整个村子很破旧、很落后。关键是很脏，猪就养在外面，全身都是泥。而且据说政府要求他们必须保持这样，必须住在这些古建筑里，因为这样才能吸引游客。我感觉这真是滑稽，也为这些村民感到可怜。但同学们倒是看得非常来劲，好像能学到很多文化。

出了村子，是一条在碎石涧流淌的小溪，他们都赤脚在里面趟水，后来我看到水实在太清澈了，也忍不住脱了鞋子在里面趟，但我脚太痛了，在碎石子上每走一步，都像踩在刀山上，锥心地疼。

走出这条小溪，在荒凉的村口，是一个高大的牌坊，周大鹏说：出了这个牌坊，我们这次写生就正式结束了，我们在这里拍个集体照吧。他是用他的相机设置成自拍，在按钮按下之后，他跳着跑进我们的队伍，唉，这一次，让我们真正见识到了他的"鸭步"，他一跳一摇一跳一摇，完全就是一只鸭子啊。我们全都忍不住笑了，不得不重新拍了一次。

好了，亲爱的青，我们是明天的车直接回中吴，也就是说，明天晚上，我又将回到那座黑黑的城市，这座城市对我唯一的意义，是在灰暗之中，有个默默闪亮的你。除此之外，我一点都不想回到那里。可是因为你，我又是多么迫不及待地想要一下子就飞回去。

这次离开，仿佛已经有了一个世纪之久，也许岁月已经使我的容颜蒙尘，当我再次走到你的面前，亲爱的，你是否还能认得我？

这应该是我这次旅途给你的最后一封信了，因为明天一大早就上车。无比的不幸，后面这么多封都没有寄出，请你原谅我一路都没有找到邮局，其实我是多么盼望能在外地寄出这些信，邮戳上陌生的地名能增添无尽的想象。我只能明天到了中吴的第一时间立即把它们塞进邮筒，希望它们一股脑儿全部涌进你的怀里。

你会像迎接我的爱一样迎接它们吗？

八

　　我亲爱的青，本以为昨天的信是最后一封了，但，一切的一切都暗示出命运要不断地打击我！完全不可能发生的事竟然连续发生，导致我现在必须给你再写一封信。

　　首先，完全不能想到的是，我的画夹丢了。是的，我的画夹丢了！我所有的画全在里面，全丢了。我甚至不知道回去之后的写生展览我怎么才能交出作业，我能看出周大鹏和李文祥既想来指责我，又暗暗幸灾乐祸的表情……不过这已经不重要了，重要的是：我准备送给你的那幅画也丢了！！！这难道是老天有意要来责难我，要继续考验我对你的爱吗？！

　　要问是怎么丢的，我现在累得都不想说。总之极其简单，我们从村子出来，有个老乡的拖拉机愿意带我们去旅馆，我下车的时候就忘了拿画夹了。而且是到今天早上走的时候才发现的……

　　更离奇的是，我们的车在走到高英时，在一个前不着村后不着店的大路上，坏了！我们不得不在高英又住下，等车修好明天再回中吴。

　　他们本来还簇拥着周大鹏说索性在在高英继续写生一天，但周大鹏没有同意，说中专生外出写生最多只能一周，我们已经十天了，本已超出规定，所以要尽快回去。

　　事实上随便走还是停，我都无所谓，我没有感觉，我就像一棵浮萍，随风飘摇。

车坏在高英，我们才知道朱芳的爸爸就在高英，我们现在就住她爸爸的厂里。这个厂四周全是农田，这片房屋就像世外桃源似的，特别是他们这里做的饭也很好吃，和黄山脚下的口味不同，是接近我们中吴的味道。天黑之后，我看着他们围着炉火，黑暗中风把红红的火吹得呼啦啦响，有时想想不如像他们这样隐没在无人知晓的村野角落活一辈子算了。

我不想让你难过，我知道你又因为我的消沉而责怪我。亲爱的青，我只是一时有那样的念头，我知道，为了你，我怎么也不可能消失，我会按照我心里的计划，一步步实现我们美好的理想。

但是，想到明天就踏回那座让我伤心的城市，想到离你越来越近，我的心却也越加地忐忑不安。我离开了这么久，最后却空手而归，我离你希望的样子更加遥远，我已经没有颜面走到你的面前。当我想到你明澈的眼睛看着我，我将无地自容。

2015/12/3

甘 露

作为一个少年犯，杨庆在 1987 年严打的尾声被捕。但"少年犯"是杨庆对自己的戏称，因为他被捕时正好十八，已够得上判刑。他知道自己在这个最后关头被捕是多方耐心等待的结果：他清楚地知道，包括后来定罪报告也这样表明，自己所有最严重的罪行（轧钢厂打群架；影剧院拦住女生摸了一把她的奶子；掀了镇南馄饨摊的桌子），都发生在 1986 年之前，后来的半年多因为在哥哥的皮鞋厂上班，几乎没有作恶。因此在前面三年的任何时刻，公安机关都可以抓他。但他们没有。他们在等他长大。且不说当时县里所有的少管所已经人满为患，新征用的养猪场还来不及改造，更重要的，只有等他足够以一个成年罪犯被捕归案，才足以体现这次严打的力度，才能补足金沙县在这次严打中最后一批抓捕指标。

但这一切并不值得慨叹。包括他后来在牢里经常听到其他犯人的一句话："这他妈就是命。"他烦透了这句话。他经常只想一个事实："就算进了少管所，情况就一定更好吗？对自己来说，性质是一样的。"只要想到这一点，他不禁感到宽慰，甚至都有点高兴。

但在他的内心最深处，藏着一个耻辱。这个阴影经常在心头掠过，让他本来开怀的笑脸突然止住。与它比起来，被捕、判刑完全只是增加人生阅历的喜讯。虽然这个耻辱已经随着时间的冲刷而极其模糊，但是只有他自己知道：它没有消失。这件事他从来没有对任何人说起过。奇耻大辱避之不及，自己怎么还敢主动提起。但更让他不舒服的是，这么多年来，也从没有任何一个别人对他提起这件事。而当时这件事就发生在至少千把号人的众目睽睽之下，难道事实真的如他有时幻想的那样：没有一个人看见吗？

这要说起他的宣判大会。他提前一天得到通知：次日他和其他十一位犯人将被押回老家曲溪，在镇影剧院召开公判大会。"这下脸就丢到底了。"他在心里说，但随即就感到自己很滑稽，事情已经到了这个份上，难道还有比判刑本身更严重的吗？"本来就已经丢到底了，你还想怎样？他们不过是想让我们雪上加霜，但已经是雪，再加点霜，难道能感到更冷？"想到这些他也就不再焦躁，他要求自己坦然面对明天的一切，一定要保持微笑，哪怕是台底下坐着老爹老娘大姐二哥，以前的同学朋友，他都要求自己坦然，保持微笑。至于那些校长老师，那就无所谓了；他们早就盼着自己这一天了。

第二天他们在上午十点就被押解到曲溪派出所。下午他们被押进影剧院。在影剧院后台他听见剧院里的嗡嗡声，偶尔的咳嗽能够听出是学生的声音。他想象台下坐着黑压压的父老乡亲。隔着厚重的幕布，主席台上各轮部长局长处长县长镇长在轮番作报告。原来这次宣判大会实际也是整个四年严打的总结大会，上至省市下至县镇多位领导讲话。并不能完全听清他们的内容，也不需要听清楚，但那些这两个月来已经听得耳朵生茧的话还是很容易传进耳朵："严厉打击犯罪分子的嚣张气焰""坚决把犯罪分子的嚣张气焰打下去""积极预防青少年犯罪"。还有一个经常重复的"在本次严打斗争中"。报告作得实在是太长了，超出了杨庆和其他所有人的预料。他甚至经常听到台下的嗡嗡声也会高起来，好像他们也经常不耐烦。而后来，连嗡嗡声也逐渐低下去。台上讲话的人的声音也越来越小，好像在对着稿子自言自语。时值六月，下午的高温让人昏昏欲睡。杨庆自己数次咬紧牙关忍住哈欠的时候，抬头看见孙正平、鲁大海也正把下巴咬得抖抖的。突然，像平地一声雷，一个高出前面十几倍的声音嚷道："把罪犯——押上来！"杨庆甚至听到整个影剧院内不断震荡着它的回声。来不及多作其他细想，负责每个犯人的法警已经一左一右架着他们，推着他们绕过幕布，从侧面一个个推上舞台。

　　从昨天到刚才，他无数次想象过这座他无比熟悉的影剧院今天的情况，但舞台下人群的密密麻麻还是超出了他的预料。甚至过道里都站满了人。"一切都完了。"他心里再一次升起这个声音，随即再次感到自己的可笑。而现场仍旧容不得他多作其他思考，主席台上在高声宣读对他们一个个的判决。与此同时他突然想起他对自己的要求。"我是坦然微笑的吧？是的。我从一上台就站得这么直的吧？是的。但也不能笑得太明显，不能昂首挺胸，是的，这些分寸感我掌握得还可以……"正在这时，他听见宣判员雷霆万钧地念出："判处流氓犯——刘俊——死——刑！"他顿时感到自己的腿抖了一下，同时他听见台下轻微的惊叫声。虽然一个礼拜前他已知道自己被判六年，虽然现在听到的是别人的判决，但他还是出乎自己意料地紧张，这时他更加明白昨天对自己的要求确实是多么必要……在这关键时刻，人是多么不容易控制住自己。为此他再一次在心里提醒自己放松，感到被法警紧紧抓着的手臂也像棉花空虚漂浮起来，他撑着自己的脑袋，荡漾着自己的眼珠子，咧着嘴，微笑。但是，他立即感到一柱滚烫的热流迅速地从大腿根部爬过大腿、翻过膝盖、涌向小腿，很快渗进鞋子里面。他没有动，更没有低头，他一动没动，完全保持刚才的松弛飘逸，而且他很快知道，此刻他脸上的微笑，保持得很好。

123

直至公判大会结束，他被武警押着回警车，他终于能够微微地低头一扫：毫不含糊，左腿裤管粗大的水痕。其实刚才一路鞋子踩出的叽咕叽咕声也说明了事实。他埋头挤进警车，按照警员的指示坐下，他已经不担心眼下这些"内部战友"看到他的丑态。但自始至终，从警员到其他犯人，没有一个指出他湿答答的裤子。是的，在这个决定命运的下午，每个人都责任重大，谁还有闲心顾及别人的裤子呢？

但是，台下上千号观众能不看见吗？不可能没看见。自己站在高台上，灯光照着自己，让自己的罪行和丑态在人民群众贼亮的眼皮底下纤毫毕现无处藏身。他们不可能没看见，他的左腿，湿了。

但是，这又怎样呢？就算有人看见了，再见面至少也要六年之后。就让一切在这六年里见鬼去吧。警笛的呼啸盖住了他心里耻辱的哭号，飞逝而过的树林模糊了老家的街道，想到另外两辆卡车上，刘俊和池美兰正被押赴刑场执行枪决，他不禁再次松软全身，又一阵滚烫的尿液再次冲刷了业已发凉的裤腿。当这阵滚烫溢出，他丝毫没有制止，任哗哗的尿液在裤裆里喷涌。他渴望这永不停止的浇灌。

果然，五年后他出狱之后（减刑一年），从来没有人跟他提过这件事。而他自己，就像前面说过的那样，别人都不提及，他又怎么可能、又有什么必要说起这档子玩意儿。一切如他所愿，这个丑事虽然确实是自己一个重大污点，重大得超过了他的牢狱生涯，但时间埋葬了它，使它永远只留在了自己的心里。

但是确实有一个人，在1987年6月12号宣判大会现场，看见了这位曲溪镇著名的流氓尿裤子的一幕并牢记此事。他叫沈瑛，虽然看起来是个女孩子的名字，但确是男孩。他当时在曲溪中学念初二。6月12号这天中午，因为父母吵架耽误了午饭，这个从不迟到的孩子第一次差点迟到了，他骑着自行车像救火车一样穿过大街、镇东大桥，右拐之后突然被迎面而来越来越多的学生挤拥得不得不慢下来，直到遇见同班同学，他才得知学校通知下午不上课，立即赶到影剧院观看宣判大会。路上就有老师同学不断提起一个名字："杨庆"。他听来听去，也并没有听出这个口口相传的流氓做了什么惊天动地的大事，而且他先天性地对流氓不感兴趣。无论是现实身边，还是耳听传闻，都只想对他们敬而远之。

在此之前，沈瑛和他的同学们也和后台的罪犯们一样，被台上一个接一个的报告弄得昏昏欲睡，突然一声猛吼："把罪犯——带上来！"惊得他和同学们为之一振。当罪犯们依次被押上舞台，教数学的毛老师突然凑过来告诉他们："你看，那个就是杨庆！右边第三个！"毛老师平时极其严厉寡言少语，现在如此激动，足以可见这个杨庆在老师们心中的地位。沈瑛不禁盯着这位比自己大不了几岁的名人，他注意到杨庆的表情始终坦然自若面带微笑，风度很好，一副已置生死度外的超然。就在这时，一声猛吼"……死刑！"，就在身边同学们发出轻微惊叫、沈瑛自己也差点吓得从椅子上摔下的同时，他连忙把目光放回到杨庆，而与此同时，他突然看见杨庆左腿肥大的裤管自上至下逐渐洇湿，并且水痕不断扩大，沈瑛连忙抬头看他的脸，而他的脸，仍然面带微笑昂首挺立……

跟着人群出了影剧院，沈瑛一时辨不清方向。虽然天色仍旧大亮，但他一瞬间仿佛感到漆黑一片。他好不容易找到自己的自行车，跨上它，但他突然发现他变得不太会骑它。总是不能控制地向左歪，要用很大的力拨向右边才能保持正直。过了好一会儿他才疑惑是否他左腿的裤管也湿答答地占着重量？"我也尿了吗？"他低头看腿，一切正常。他晃荡着差点骑到街对面，才想起学校在右边。他暗暗用着巨大的力，把车把使劲往右扳，终于使车拐向北边。他颤颤巍巍地蹬着它，越过路边还在兴奋讨论的同学，越过挑着担子的菜农，越过店铺，越过他小时候不小心带走一粒糖的摊子，登上了镇东大桥。当他趁着车顺着下坡的桥面往下滑，车再次轻松自然地往学校的反方向——左边歪去。

　　镇东大桥顶头就是一个与沿河东路相交的丁字路口，右拐向东，沿途是标牌厂、玻璃厂、绢丝厂、医院，顶头是中学，一片繁盛人丁兴旺。左拐向西，却很快就一片荒凉，作为镇东村的延续，西边只散落着几户民房，随后就是大片农田，长着高高矮矮的作物，一眼望不到头。作为后来搬到镇上的居民，沈瑛几乎从来没往西走过。而现在，当这辆今天轴着劲往左拐的自行车驶上西边河堤，它顿时轻盈飞快，几乎用不着沈瑛蹬它，它就飘飘地往前跑。河堤非常高，左边的河床和右边的农田都像帐幔一样垂落在两旁。很快，河堤出现一个向右近乎九十度的转弯，身边一切的景象都显示镇子、居民都越来越远，连植物都越来越少。但沈瑛根本不想停。一开始他知道是车停不下来，但现在他也分不清到底是车还是他自己不想停。反正不花力气就能往前。有一瞬间他甚至觉得轮子根本已经离地，在悬空飘飞，这一行已经不知几百里。黄昏的风特别凉爽。他知道自己离学校越来越远了。但是，就算永远从学校消失，又怎样呢？"最多判六年？"突然一个乐呵呵的声音在心里问他。说话间车突然自动停止，等他低头查看时车忽然消失化成气雾，随后他被缓缓着陆，他既惊又诧，举头前往，只见眼前大江截断路面，江水不兴，但江风忽忽，吹得岸边茅草长时间弯腰。他站着不动，在思考自己是否需要感到害怕，是否需要立即返身奔跑，或者，自己的尿是否已经淋湿裤管？他正准备低头，在江岸的田埂上，他突然看见一个很瘦的老头，手上拿着一个葫芦瓢似的东西，抬眼看着他；沈瑛吓得往后一跳，但是随即就看到老头向他招手："别怕沈瑛……"

"啊？"沈瑛既惊又不惊，这老头竟然知道自己的名字……"你怎么认识我？"

"我一直在等你，"老头说，他很瘦，穿着破旧的灰衣，腰间扎着布带，有一把灰白色的胡子，他空着的那只手拨点着让沈瑛过去。

一个很短的瞬间沈瑛感觉到这个人不会伤害自己，这是不需要分析也没时间分析的，因此鬼使神差地他慢慢地其实也不特别慢地走下田埂，在他走近时老头就已经低下头不再看他，嘴里却不断说："来来来，沈瑛，"等他站定，老人又抬头看了他一眼："沈瑛啊，我在这里等你十五年了。"

沈瑛惊愕得张着嘴，不置可否。

"沈瑛啊，从今往后，你这一生都只需要做一件事了……"

"什么？……"

"来，你蹲下，"老头说着自己慢慢地蹲下来。沈瑛也跟着蹲下。蹲下之后发现老头脚边有一只矮矮的破木桶，"沈瑛啊，"正是老人对他一次次的叫唤，正是他叫自己的声音，让沈瑛感到不怕，他的声音，沈瑛当然知道他不是自己的爷爷，但他的声音就像自己隔得很多辈的祖爷爷，在安抚他，在叫唤他，在引领他，他是甘愿接受的。老头把手中的瓢递给他，他接了，"沈瑛啊，从今往后，你这一生只需要做一件事了，就是给这棵草浇水，让它长大……"

"啊？……草？……"沈瑛转眼一看，在一块青石板的遮护之中，他和老头中间的地上果真有一棵草，但只看一眼，他就发现这棵草非常奇特，它很细，但笔直地竖在地上，几支苞叶伸展在两边，它全身暗红，更重要的，沈瑛再仔细看，发现它竟然全身透明，像一支玻璃似的，他不禁伸手去摸……老人刚想伸手又突然缩回手："沈瑛啊，今天第一次，你可以摸摸它，但以后啊不要老摸它。"沈瑛立即缩回了手；"它啊，它是一棵非常害羞的草，当然，它不是你所知道的含羞草，它有名字的，它是江边的茱萸草，我给它取名叫江茱。但这棵草啊，这世上只有这一棵。沈瑛，我来告诉你，从今往后啊，你这一辈子，只需要做这一件事了，就是给这棵江茱浇水，让它长大……"

"啊？那我上学呢？马上要升初三了啊！"

老人笑眯眯地说："这些你都不要管了，我会帮你把一切都安排好的。相信我。而且你要知道，你已经十五岁了，你学到的东西已经够多了。以后什么也没有比给它浇水重要……"

"啊？为什么啊？"

"是的，你现在不懂，但是，你现在先给它浇瓢水看看。"

沈瑛果然按老人的吩咐在木桶里舀出一瓢水，当他准备浇水的第一个动作起，他已经极其慎重起来，他能感到这也正是老头对他的期望，而他此刻也非常愿意遵循他的期望。他谨慎地端着瓢，左手还在瓢下面托着，仿佛瓢里盛的是仙水，一滴不露地移到江茱草的根部，轻轻地把水全部浇进它根部的泥土。等他收回水瓢，突然间，他看见江茱草两边的苞叶上下伸展了一下，就像人喝了一口汽水被激灵得抖一下肩膀一样，沈瑛惊呆了，不禁发出一声："啊……"

"沈瑛啊，现在你该知道我为什么等你了吧？这棵草，只有你来喂，才能真正长大。我在这里已经浇了三百五十年了，它才长这么大。而且随便怎么浇水，它从来没有动过。而你，只需要浇三十五年，它就能变成人，变成一个女孩子。以后啊，它会和你生活一辈子。"

2015/12/18

白 云

早晨他是被鸟叫醒的。他撑开窗，薄雾在山前缭绕，天色青灰，小二松枝干黑湿，窗前竹叶和芭蕉湿湿亮亮，滴着水，屋檐上也在滴水，打得竹叶颠簸，很快又弹回原样，像个被打的孩子杠头杠脑。屋前屋后山雀群噪，好像能看到它们跳得枝叶纷乱。那两只画眉的一声一应在前山，整个山谷荡着回声。

他披着外衫，奔进前屋打开炉门，填满干枝，重新坐好茶罐。清晨炉里冒出的第一口松烟味道真是好闻。他转身，在这窗口往外看雾，只看一眼，又跑回房里，点上烟锅，吧嗒吧嗒抽几口，在这边继续看山。他一边看一边手摸着扶手慢慢地坐下来，继而抬起右脚踩上椅面，手肘撑着膝盖头托着烟杆，嘴里吸着烟，眼不离山。山上的薄雾涌动，和坡下小道上的雾拥挤揉抱，又慢慢分离。较久的时间里，雾动静不大，在默默等待。他把烟杆换到左手，右手提起大兰竹，在砚壁上刮了两下，毫尖意料之中的胶硬，他没有伸笔揣进笔洗，却站起身，俯在案上，把笔伸到檐下，等雾水滴到笔头上。

　　攒着饱水的笔肚，他在砚面捻柔毫尖，刮着宿墨，又在笔洗里轻点一水，重回砚面刮转，然后缩回胸前纸面，手肘还架在膝盖上，停在那里又吸了两口烟，移笔至纸左方，停住，手一点都不抖，完全静止；突然下笔，自下而中起了一个三曲笔，行至顶端转动提升，浓干收笔，回到砚面浓墨处舔顺毫尖，再来侧中并济，勾出一立石峰，顺此在它的右侧又勾出两立小峰；他稍稍停住，继续吸烟，不禁觑眼望着窗外，吐烟时就回到纸上，蘸着重色水墨在右侧勾出一道石坡，顺势点拢，然后丢开右侧，回到大石峰左侧下角，又勾出两块矮石，他站起来，把烟杆架在案前左侧的笔架上，提起用色大白云在笔洗浸润，在色盒里沾了一点石青，晕出淡净的青色，又去蘸了一点淡墨与石青和搅，然后快速回到纸上染涂刚刚勾出的矮石，又在右侧的小峰和坡上横刷几笔，既有润块又有枯痕。他两手摸着纸边，又赶紧抓起大兰竹，刮出较干的浓墨，临下笔前又在笔洗里轻沾一水，在吸水纸团上稍稍一拓，然后快速在石峰边沿提勾点皴，直至笔枯，仍以枯笔上下点皴；他没停，把兰竹左手夹住，右手捏住一支新的净白云，直在笔洗捣湿，刮润，然后挑出一点赭石，又蘸一点藤黄，加一点淡墨，和成水润的赭色，在青色之外的石峰里刷染，随后又加了一点水，使之更淡，点刷。趁着青赭潮润，换回左手的兰竹，在石峰里皴擦淡棱，并顺势提出一些苔草。在笔帘里挑出一支用过墨的小白云，吸附不干不湿淡墨，在一些较大的苔草处点染。他左手夹了两支笔，右手提着小白云，用脚跟推开重重的椅子，退后几步看画。不久走回桌子，伸手去抓烟杆，但手上有笔，他犹豫了一下又缩回手，放下小白云，从左手里挑出大兰竹，在砚台旁边一只瓷钵里澡笔，钵里的水墨重偏淡，稍稍刮净，笔头再去砚里挑浓墨，以粗线在峰顶平地上勾出几株矮树，枝头垂耷，不清笔，墨色从浓至重直至淡，五七棵疏密相当，又趁着墨湿点上些许加墨朱膘，叶枝朱墨互洇，顿有生机。不过只朝下方石缝间一望，正欲伸笔突然停住，又回笔帘挑出一支中兰竹，迅疾浸润刮干，随即舔浓墨回到下方石缝间，提出一丛尖枯草叶，又在矮石和峰棱多处提点苔草，于此他再次退后两步，歪着脖子瞅画。再走回画案时，他把手上所有的笔都架在砚台上，眼睛继续看着画，伸手拿起烟杆，点燃了深吸。

　　突然，他振一下，但很快又平缓，趿着棉拖走去前屋，水罐冒着腾腾白气，他在隔板上茶罐里抓了两满把青锋老茶丢进水罐，蹲下来塞住炉门，重又走回卧房。他吸着烟继续看画。但山前的雾仍时不时吸引他的眼睛。少顷，他托着烟杆，口里含烟，右手提笔在右侧坡道上面的平地上勾拄出一窝草庐，并三两笔在窗前勾一面向木林的坐人。换起赭色白云，蘸水湿润，涂染草庐。又在深赭舔刮，点满坐人衣衫。立即换回大兰竹，蘸浓墨，在坡道和草庐间点皴，有两点压破草庐地线，使草木与庐屋相融。突然急急奔去前屋，笔和烟杆都还抓在手上，把青瓷筒壶拎到炉旁案几，又转身在隔板上捻起一页滤布盖住罐口，端住罐耳把茶液泌进筒壶，热气腾腾而上，香味扑鼻。他夹笔的右手拎着筒壶，捏着烟杆又夹着兰竹的左手在隔板上拎起一只龛着的大陶碗，奔回卧房，先倒一碗荡涤，沿着黑湿的窗台倒净，再倾一碗，漂着上唇抖抖地喝上一口，喷出热爽的长叹和白气，抿嘴品哑，重又静寂地看画。短吸两口烟，手摸到筒壶续满热茶，热茶压下烟烫着胸肺，随后湿灰的烟缓缓从口鼻溢出。他盯着画沉思良久，随后慢慢地放下两手所有的笔，右手在笔挂上丛下一支鹤颈长毫，润湿，把右侧色盒里面的一只洁净色盘拎近，拿吸墨纸轻轻拭捋鹤颈，点取花青，吸饱水化淡，又小心以笔尖点一丁点曙红，搅和，再以笔尖吸一肚水，随后在画幅上方横笔从左至右先按后扫，提笔使淡青远离树梢，至尾又稍按。再吸一次色，又在底部矮石下的空档处拖扫，在坡前迅速提笔，留有枯干空白。为此不免又猛吸几口烟，在飞升的烟雾中喝茶，朗声慨叹。

　　他坐下来，重又撑起右脚，胳臂架在膝盖上抽烟望山。天色仍旧阴灰，少了青明，多了灰沉；白雾甚至比清晨还要浓些，从峰顶上粉粉下涌，如涛似瀑，落至坡道路面又被轻轻弹起，四下流溢寻找新的去向。檐下水滴并不更猛，反倒有一搭没一搭地落着，声音也更闷实。窗边一只单鸟鸣叫，一鸣一跳，很快跳进窗前的竹枝，仍旧一鸣一振，震得竹枝抖动水雾飞颤，有数回，它每叫一声就转头看他一眼，看完又朝竹叶外的山看，然后又在叫的同时扭头看他，如此往复。他只静静吸吐，可能只是烟雾的喷散吸引、惊吓它，不过还好，没多久它就不再看他和他的烟，还腾出脑子在枝干上刮了两下喙，然后再朝更前方的叶丛小跳起来，突然振翅，鸣叫着飞出窗口，飞向左侧前屋方向。那里泡桐和刺槐密布，想必落下的水滴并不会少。

他收回视线，拈起画角移至画案右端，挪开镇纸，从左侧纸沓上抽出一页落回软毡正中，抹平，这一回他丢了烟杆，在笔帘里提出一支拳大的斗笔，在笔洗里浸润，垂头看着纸页，长久搅拌着。随后屯着饱水横笔移到墨海润匀墨色，又用水舀舀进一盒水，继续搅拌，左手却一直按着纸角，眼也一直在纸面扫视，笔一直在搅拌一直在搅拌，惟有眼皮不停眨巴，身手其他各处一直僵滞，竟有半锅烟的功夫。再动起来时，他左手伸过去把墨海抱在手里，飞滑地移到纸面，右笔仍在墨里搅动，又这样过了多时，突然，他在中上倾倒墨海，边倾边从右至左上下移动，同时笔头不断在墨口和纸的衔接处舔掇，水墨在纸上洇湿飞弧一片，立即，他放下墨海抓过吸墨纸，跳动着点吸积墨，斗笔又去笔洗里蘸吸清水不断冲撞积墨，再吸，很快吸墨纸淋湿，他把纸团小心扔到笔挂后方，快速俯身在桌案下的隔板上又团出一把黄纸，揉出团尖，在墨团各处点吸。丢了斗笔，重新拿起大兰竹，刮出干淡偏重墨，在泼出的淡墨块上轻快勾勒，勾出两笔之后稍嫌墨重，又蘸水稍稍刮淡墨色，继续轻勾，没有多想，又抓起一支大白云，浸润重墨，快速在墨团右上侧揉出一立小峰，水分略多稍嫌圆润，他慌忙举着弯裂的笔毫准备修饰，但临了迅速放弃，不再碰它，转去墨团左侧泥搓，又两立小峰隐于墨团之后。

134

突然他把斗笔揣进水盂清洗，又快速去砚面蘸积重墨，然后移至墨海吸附饱和淡墨再至砚面舔濡，调出比刚才泼出的墨团稍深的墨色，在墨团底部点拖晕染，底部晕出带状弧度，最下面墨色渐淡随即留白。他停了手，悬笔凝望这排泼墨雾峰，凝滞片刻，又拣起吸墨纸在两处依旧积墨的地方点吸，然后，再次悬空望着它们。很久，他没再继续，放下手上所有的笔，绕过画案走到东头，在窗前地上的大瓷瓶里的纸卷中，抽出一页六尺三开棉宣，展在门边地上一块洇满墨迹的毛毡上，双手抚定，随后起身端起墨海，又以大白云在笔洗吸满清水，在墨海对角滴入，然后在笔帘捏出一管超长风眉，捧稳墨海，不让它摇晃，慢慢移近地上的棉宣，以墨海为笔，以泼倒为运行，"哗"地一声在纸的上下有致泼倒墨痕，随后急以风眉横扫点拖，既平匀积墨汪潭，又注意保留少量枯干空白，然后他又在画案底下抽出一沓吸墨纸，先取出一页，将它完整地盖在棉宣上，吸墨纸顿时洇湿，显出浓淡交融的墨迹，又盖上一页，又被洇湿，不过墨迹明显减少。他就盖两页，起身对着它望。

重新走回来之后，他突然很平和地拿起笔，在刚才泼墨雾峰右下，匀熟地勾勒一弯篱墙庭院，以及院中的空房，仿佛刚才的呆立也在考虑这边的安排，只是，完全没有缘由，在用重墨加深浅墨轮廓时，线条一直稍稍歪扭，但还好，不影响弹性，直至处理瓦楞和屋檐时，笔力终于伸张。没有拉出地线，地面的空白他点出了婆娑草影，随后在院子左角重墨画出一株歪柳，一支树桠倾到院外，垂至地面。

草木重新增浓了笔力，他毫尖恢复了速度，在屋宇四周淡墨晕染的墨块上时而以重墨斜抹时而以焦墨撑勾出三五种树木，枝叶纷披，簇拥屋舍，又以淡水灰青快笔涂抹院门外地面，使之与山雾之间隔开。他用力吸烟，烟叶已尽，伸手端茶，茶水已凉。

他蹲在前屋门口倾倒筒壶，让冷茶沿着石阶流进南墙脚的小沟，顺势扭头看竹叶和桃树，以及它们簇拥笼盖下的石径。石头上面湿滑青亮，雾气使山、地、树、墙都在渗水。在这里，四下嘀嗒声更是不止。未雨，但一直是雨雾濛濛。

他换上热茶，就在隔板上重新拿起一只干净陶碗，荡了荡，倒入滚开的热茶啜饮，热烫烫的茶液流经喉道跌入胃中，使他感知这根管线在脖颈和胸腔正中的凸现。也使他感到周身寒冷，顺着热茶下肚，他看起来身上所有孔洞、肩膀甚至头顶都在冒着腾腾白气，但仔细看其实只有口鼻，而弥漫升腾的白气原是炉罐四溢促生暖意。他不禁双手捂着碗边，又连续吞下几口热茶。但随即，他拎着筒壶走回卧房。他把新带来的陶碗丢入一边，仍在旧碗里倒满，继续捧着它喝。伴随他喷出的热气，似有阵阵淡明色的薄雾也从窗口探头探脑地流进来。他放下碗，走至床边，掀起被子上的棉袍伸手套好，并系紧腰带，索性又坐了，把足袋也套上，扎好绑腿。这样他站直，跺跺脚，两手前屈撑开，扩胸。趁着身体前倾，他一步跨回桌前。他把刚才画的这幅又往右移，移过去之后先把第一幅一直移到墙边，空出地方放这新的一幅。又端起茶碗轻啜一口，已经又冷了，他伸手把剩茶倒在窗台上，湿黑的窗台几乎看不出新水渗透。他重又倒上热茶，两手捧在外面捂暖。一边抬碗啜饮一边撑起眼皮透过碗的上方看雾。说起来，天色现在竟然变得更黑，而雾却变得更亮。二松、竹子，简直像一根根黑炭，朝上的一面油油地闪亮。他腾出右手，随手捉起小白云，在半摊开的吸墨纸上随意点拖，先是勾了一个弯腰老者，随后横笔，拖出一叶扁舟，又忽而转笔，扭曲地拉出一株老梅。他在扁舟边上拖着横皴，又蘸墨随意点染，眼却猛抬起来瞅窗外枝叶摇动。忽一阵"唧唧喳喳"群雀争飞，落在竹叶丛，互相扑打鸣叫，突然"呼"地一声飞走。他捉笔的右手越过腰身，在左侧纸沓上抽出一页纸，刚在右角抹了两下，又将纸拖到右边，斜覆在刚才的画上，然后放下碗，弯腰走近西墙边，单腿跪下在旮旯头翻寻，随后小心地拖出一页绛色册页。他右手在黯淡的纸页上抚摸，左手去拿烟杆，缩回一点，又伸出窗棂翻过烟锅在棱子上敲打，右手顺势拎起笔架旁边灰土陶罐盖，在里头捻出一团烟丝往烟锅里塞，用力塞紧之后又抓了一小撮，蓬松地摁在锅顶，在扁筒里取出火绒点燃烟丝，深吸三口，比雾灰蓝的烟飘升，又被窗外微风吹进房内。他一直站在窗前，抬直身子、右手别在腰后迎风抽烟，烟被风吹回来扑到脸上，很香。直到抽完半锅烟，他又在烟锅里加满烟丝，这才放下烟杆。他动作不紧不慢，在墨海靠南墙里侧，夹出一只小砚，他把小砚放在大砚旁边，捏起刚才那支小白云，重新在笔洗里澡净，虽然笔洗里现在也早已是一盆水墨，但洗净后的白云尚能见出白毫。他把水溢在砚池，然后在砚山上舔墨，舔几下之后又移到靠近砚池的地方，再蘸点水，使墨色清淡，待全毫浸润淡墨之后，他以毫尖在重墨上轻轻一拖，移到绛纸下端，一停不停，弯扭着勾出一株树冠，并不疾不徐勾出忽浓忽淡的个介夹叶。在这株树冠右侧被两簇浓叶遮挡处，他又徐徐勾出一棵高树，这次却不夹勾，只以破湿点出影影绰绰叶丛。不停留，蘸出新墨，在下端树冠左侧向右勾出三四笔丘壑，最长那条丘线直至拖出高树右边，落下纸边；并以粗钉披麻轻快斜皴，寥寥数笔，丘影已现。随后，仍旧未作思想，在丘壑和高树环抱的左中，只一舔墨，即刻勾出一座笔斜形正的照壁大堂，屋檐宽大，房型舒展，在它左侧，以稍淡的墨色勾出围墙和院门，与大堂直角相连。房屋的笔线稍有滞拙，漾出与木石融洽的恣意。又以淡墨染涂屋瓦。这样，房舍院墙又形成一个环抱，这个环抱形成，他稍稍轻快了些，但也不急促，笔毫在砚池浸染淡宿墨，又在吸墨纸上稍稍拃干，在院墙后面横笔皴出竹影，至左侧纸边亦即院墙至纸外上方，竹影灰淡如水逸出画外。又不停留，在大堂和屋舍、也就是近前后边的淡墨竹影上，浓墨横拓出竹株，并偶尔竖出影绰的枝干。迫不及待地，但又静静悄悄，在院墙下方勾出渠岸，并随即移至大堂右墙，毫尖在砚池稍洗变淡，勾出岸线；于是大堂后的竹影与高树枝叶接融。在岸边上下各拖出两条水线。立即提出三五钉形水草，并借浓墨随意补了高树近前几支短枝，在竹影和树叶间三两补点；视线散射普照全局。笔只在砚池稍焯，立即在右中勾出粗淡的对岸，并横笔以笔肚在岸壁轻擦；略显斧劈皴像。在笔洗蘸清淡水墨，立即把对岸染了。他左手食指和中指轻轻在毛毡上敲击，右手搦管饱水冲调重墨，蘸着满肚在上层岸线上方冲撞、横皴，一直漫延至纸右外，晕出远林；迅疾，笔在笔洗里直荡，然后吸饱淡水泼点在远林重墨积汪，使淡水稀释晕化各处重墨，随后立即拿吸墨纸吸干笔毫，以干毫再去吸重淡冲流的水墨，墨迹瞬间干涸，原本一片重墨的远林顿时虚实相映。甚至仿若暮霭穿笼其中。再去笔洗冲荡吸满清墨，然后四分前毫没入砚池吸收淡墨，再以毫尖在砚山蘸一点重墨，正准备移向纸面，突一犹豫，但立即复归原意，托毫移至左上，卧笔自上而下斜弧拖扫，随即再从此块中间起笔继续卧笔往右横扫，以没骨拖出远山，顶线有墨，山体减淡，而大块的清淡之中又时有稍重墨色自然晕染变化。又接一笔淡墨，暮霭连接远林。上方解决，重新扫视全局尤其落回大堂门前空地，无需思虑，刮干笔毫，笔尖蘸重墨，七勾八勒，便勾出相望两者，其中左侧这个还手持竹杖，似乎正说古道今。

　　至此，他忽地有所松懈，刮舔砚壁的笔也慢如横卧，正欲罢笔，再于砚池蘸出淡墨，在近堑和房舍空地之间的渠溪之上，中锋勾勒数线，一道栈桥连接两地，突然全画气韵流动，全活了。他歪头看一眼整幅画面，立即搁笔。

　　这幅虽然没有激荡，整体静慢，甚至从头至尾没有换过笔，但最后一笔落成之后非常明确，一丝一毫不必再添，他不禁拍了一下手，但随即哆嗦一下，双手搓擦，然后去端碗，明知水冷，仍咕咚咕咚喝下两口，同时抬着碗往前屋跑，跑得跌跌撞撞。一进前屋，又闷声哼叫，立即拔下炉门，然后抱下茶罐，往炉膛填满松枝，急急转身，在案板下抱起另一只陶罐坐上，然后从木桶里舀进四五瓢水。接着，他抖抖索索歪歪斜斜扑到门前麻囊，从中掏出三只红薯，又掏出一只，舀水搓洗，洗净一只就扔进陶罐，他哆嗦着，甚至颤抖地哼叫着，最后一只正想投入陶罐，一转念先递进口中猛咬一口，一边嚼一边抖动着哼叫，顺手操起蒲扇扇动炉门，浓烟瞬时溢满屋间。没多久，火舌伸出来舔刮陶罐，他丢下扇子，口里不停嚼着红薯，拿陶碗在茶罐里直接舀出热茶，咕咚咕咚送服。咽下之后嘴里仍在嚼着，一边喘息一边抖抖地呻吟。少顷，终得稍许平息，罐中翻腾尚早，他又往卧房走。

在墙边，他想起了地上被吸墨纸覆盖着的六三棉宣，他立即猛咬一口红薯然后把它放到桌上，嘴里嚼着，蹲下来，伸手轻轻揭开两层吸墨纸，整幅棉宣重墨淡墨交融，俨然一片烟雨背景，伸出指头轻触，感知它的三四分潮润，顺手将刚才最上面的吸墨纸揉成一团，并在毛毡上捯按，使之底部平坦，夹在腋下，然后双手拎起棉宣，走近床榻脚侧的东墙，将它覆在墙上，一掌将其按住，然后伸手从腋下取出吸墨纸团，以其平坦底部对着棉宣敲拓，墙面泥灰草茎各种凸点顿时撑顶纸面，他从上至下依次敲拓整面纸页，纸面凸起各种纹路，整页纸也粘附在墙，他又用吸墨纸团在几个边角处用力按摁，这才退后，看它纹丝不动安然无恙，重又走回案前，拿起生红薯啃咬。

一边嚼着，他拖过此前放在画上的绛纸，移走刚才画好的画，把空纸放正。他仍惦念刚才那支小白云。他捏起它，不过顺势拖过椅子，坐下来。他坐下来画。蘸着浓墨，左中下起一块大石，右前被小块垒阻挡，右后又是一块小石，紧跟着，后面淡墨两立高坡，延至右边画外，披麻乱皴颇具书意，在坡顶，他把门前的二松搬上坡顶，由于坐着，线条外沓疏懒，但他速度极快，仿佛每一块早在心里，他几乎有点迫不及待，一笔连着一笔，宿墨经过宿水稀释，更加黯淡、浊重，晕染的墨块僵沉，不透明，没有界线，他不断拿清水冲刷，往往垒一块墨块，立即蘸水轻冲，墨色在水汪里并不自然渗化，而是不可控地尖利奔走，他要这不可控，而况尖线颇似山棱的怪相。只要墨色稍微浓重，墨块就毫不扩张，僵在轮廓之内，他也不用力泥出枯笔，仅一笔弯曲堆挞，他用墨块旁边或下面的线烘出灵动。在面前的高坡后左方，他勾出一座主峰，峰顶两侧均以墨块晕染成后峰，中间往右，形成低洼，正好凸显前面坡顶的二松。在最右侧，他稍一涮笔，清墨稀释石青，向上横擦，立即蘸淡墨晕出山顶，又去笔洗涮几笔，在右山后接近纸边轻涂，远山隐没天际。再刮淡青，草木之间拖扫，洗笔，拖出满笔的淡赭石，在山石空隙处填染，笔并未洗净，往往拖出几缕石青赭石相间的色，却使两者互相交融，更生雨水湿意。由于速度快，他发现很多笔都呈斜势，都往右边斜，一笔连着一笔，仿佛被风雨吹淋斜耷。但连笔只是感觉，只是笔与笔之间的连势，单独地看它们，笔迹并不相连。虽然快，但其实还是很慢。只是一笔未停，顺势而连。在将要停息的当口，他突然蘸重墨在坡顶松树右侧的空隙处斜挞七八笔，勾出一窝低矮茅棚。立即调以淡赭石染了。突然驻笔，两眼盯着涂抹而成的折钩布局，右肘撑在案上，原本悬空搦管的手收回托住颧骨，左手拖回烟杆，两手又协助着点燃烟锅。他吸着烟，背靠椅背，肩膀松塌下来，肘子撑着扶手吸烟。小白云虽然还握在手上，但手现在也放在毡子上歇息。

　　突然他歪头看东墙上的凸点棉宣，看的同时就站起来走过去。他伸出小指，用指甲尖挑起粘在墙上的棉宣右下角，轻轻将它揭起，纸页脱起墙面发出轻微的"哧啦哧啦"声。他把整页棉宣摊在桌上，轻抹，并不死压，以镇纸压住顶头三边，然后弯身到笔杆成捆的笔挂上排找，取出一支褐毛特长锋，其锋足有一拃，他用手指捻搓锋毫，随后把笔洗里的墨水倒净，又从水罐里舀水荡涤笔洗，待笔洗洁净，才舀满净水，浸润长锋。随即又从笔挂下的角落里捧出一块长砚，以水澡净，拣起大砚山上那条偏长的漆烟墨条，开始研墨。磨了几下坐下来，翘起左腿，手撑着膝盖吸烟，右手研磨，一边抬眼看窗外。整个薄雾因为天色灰沉而乌压压一片，但是仍旧没有飘雨。他加了水继续研磨。直至磨出半池浓墨，他放下烟杆，将长锋浸透墨汁，然后转动笔锋不断在砚壁上拖刮，直至锋毫上刮不出明显的墨渍，这还不够，又拿吸墨纸吸刮笔肚，直至墨渍近干枯又尚未完全干枯，这才对着布满墨花背景、凹凸不平的棉宣，却不竖着笔锋，而握着笔管，笔锋与纸面平行，笔肚转动与纸面轻擦，那些灰粒草梗凸点顿时着墨，而凹陷处仍保留灰花背景，他要的就是那些凸点的枯墨。他先在左下角擦顿，随后转移跳跃，擦擦，顿顿，随即抖抖索索逶迤皴擦，突然按顿，向下，继续按顿，整个画面墨点墨团参差不齐疏密有致，但不见其形。他并不收拾笔形，任其龇牙咧嘴，但现在擦顿改为慢拖，逐渐拖出些许干裂的碎线。稍一细看，一些隐约的山石隐现，仿似雪峰。这才去抓早先用过的那支大斗笔，伸向笔洗又缩回，拿瓢舀了满满一瓢清水在窗台洗去个八九分，这才揣进笔洗蘸清水，手捧在下面移至大砚调出淡墨，在旁边纸上试了一下，又在砚池挑了一些浓墨，再调，再试，然后以此淡墨裹满笔肚，稍稍刮干，又用纸衬着笔根，移到纸上点拓晕染，刚才那些墨点碎线瞬时融化，但没有晕染的地方仍旧枯焦。上端似隐出一条蜿蜒瀑溪，他再用吸墨纸吸干斗笔，也将锋毫横扫点擢，似有雨雾笼罩山石。再张着斗笔的裂锋，转到笔管多处轻点，几丛雨中草木斜莽。他站着看了一会，又拿长锋枯墨在右下点了几点，再看了一会，放下笔，伸手准备去揑纸角时发现手有点僵硬，不禁缩回来里里外外搓着，又握着右手腕，握成拳头转动。

他把刚刚着墨的棉宣轻轻浮在地上的毛毡上，刚才拎起这幅画的时候，他就留意到之前画的那幅斜笔山石左下需添些草木水桥，那支小白云顺滑的笔意立即灌满脑颅，他立即揑住它，把那幅册页拖到毡子中间，但天色越来越黑，近乎已经看不清墨纸，他不禁抬头，这是夜幕已经降临？他握着笔坐在那里，对着越来越黑、现在已经全部黑下来的窗外呆呆望着，现在什么也看不见，都没有来得及在天黑之前看看雾是否还在。但他并没露出困惑，他只呆滞。泥塑一般，一直呆坐在那里，仿佛在等坐得更久之后，视线能够更加适应，以便可以看到什么白亮之物。可是现在连手上的小白云也蘸满浓墨，一片漆黑。

他在吃红薯前稍稍在炉后的蒲团上打了一会儿坐，虽然刚才啃了半个生红薯垫了一下饥，但他还是担心真正碰到熟薯会忍不住狼吞虎咽烫坏喉胃。他需要给自己一个平缓的机会。

松明闪耀的火光下，他左手执着红薯，右手举着一卷巾箱，向着灯火在读，脚泡在热腾腾的水盆中，嘴里塞着鼓鼓的红薯。突然念道："裕父之蛊，往见吝。"随后默默转头，双脚在热水里搓动，嘴里不断地默默念叨："裕父之蛊，裕父之蛊……"

献给埃德加·德加

2015/12/25
2016/5/31

火 车

　　他决定去见她。她的轻松携带出的冷漠不像是伪装。但这并不重要。他并不担心一个哪怕是最严重的结果。在这性命攸关的当口，他知道更稳妥的安慰一定来自于对一个行事方式的选择，而不是它带来的结果。他想重新、哪怕是最后一次创造和她面对面的机会，一辨其真假。尽管对这机会的希望他感到极其渺茫。比起其他希望，他更需要采取一个最轻捷的方式，在最短的时间里知道一个答案，以便让自己最快地摆脱眼下止不住的漫无边际的联想。他需要迅速回到自己。哪怕是极其弱小的自己。他不允许自己再身处猜疑之中虚耗心力。他不知道自己的死期，他并不清楚所谓的珍惜生命的手段，甚至，所谓的"生命"需要"珍惜"吗？但他不愿意浪费。他不愿意身处徒劳无益的焦躁之中。这个世界不应该有任何一个别人，值得自己虚耗。但在知道结果之前，他愿意做一切努力，哪怕给所有人落下轻贱的印象。他不需要尊严。谁在此时意识到尊严，谁就永远没有尊严。如果她也在这个名单之列，那正好彻底证明她不值得自己珍爱；这，难道不是另一个更好的结果吗？但他还是想说：他不寄望任何结果；他只需要一秒不落地以最快的时间见到她。看见那个粉红夜色下模糊的全新世界；如果它存在的话。

这是一次没有把握的远征。他甚至不能确定此时，接下来的时间内，她一定身处她的城市和她所就读的学校。甚至，她果真已经和另一个人在一起、在被窝里相拥、匍匐其上互相冲撞并在冲撞中以她尖利的喊叫划破夜空？为了报复他、尽快彻底斩断他，她翻得出这样的手腕。或者，她正和一个飞快交上的新男友在异地遨游、荡漾在水光霓虹之中。异地的欢笑海潮淹没他的哀鸣。而他历尽艰苦拖着自己的沉重之躯奔去的，却是一片空旷的海绵……他不是没有想到这些；他知道自己完全有可能扑空。就算她在，她不能拒绝他吗不能欺骗他说她并不在南市吗？"我会扑空的，"他对自己说。"不过这又何尝不是我的盼望？"他问自己。"我盼望落空。"最后他肯定自己一切最坏的预计。"我需要落空。我不必再有收获。"

为此他重新成为一个秘密携带者。他怀揣只能独立执行的计划。不言而喻的沉重压着他的肩膀，笼罩他的脑壳。伴随这种昏蒙的感知历经公车的颠簸、落进永远嘈杂的火车站，不啻一种极大的协调。他意识到自己再一次在背离，背离这并不是自己故乡的租住地，背离曹秀，背离尽管搬来搬去但好歹终究属于自己的家，背离这一边何尝不是压得喘不过气来的深爱，背离母亲，背离他对自己曾经所作的伟岸宽厚的期望。就像他曾经说过的，他一味地嫌恶自己太过干净，他渴慕脏。他渴盼堕落脏浊支离破碎给自己一次次带来重组升腾的几乎不可能翻盘的压力。如果要说贱，没有什么再比这更贱了吧？他差点在这无可比拟的兴奋中尖叫起来；兴许宽广无边的车站大厅永恒浩瀚的靡靡之音抑制了他的尖叫，尽管他茫然四顾，目空一切，并没有看见黑压压的人群惊奇地注视着他的凝重和哀戚。

　　他知道这班车。自从和她相恋（严格来说是上床）以来的两年里，这班列车车次的数字一次次成为他们心里的烙铁。拮据使他们放弃高价而稍快的车次。最让他不齿的是它们高出的价格和它们的速度并不匹配。他鄙视它们的性价比。当然还有时间。他并不喜欢它们抵达她城市的时间，尤其这边出发的时间更会打乱他整个作息。但说到底首先还是价格。他懂得在众多的关键时刻，金钱能助所谓的爱情一臂之力；疑难沉重的心神进一步勒紧钱袋，期待省下的宽裕以备抵达目的地之后那可能遍地的不时之需。但是，有吗？需要吗？他同样记得有时这烙铁也会衍变成一把火炬，那大多是她奔来的时刻，再多的愁虑也阻止不住小别即将重逢的急切和喜悦。但是火炬永远太少。"我们总是诅咒沉重的日子，而对欢乐时光的到来总感到理所当然。"八个小时。抵达她就读的城市是晚上十点。漫长的行程和破旧的车况有利于所谓的爱情的创伤。和床上。的继续溃烂和假想的复元。他始终记得这样一句与两个他并不愿轻易提及的当事人的话："我想任何人，心里难处再大，一经火车颠荡，一看到大自然，胸中郁闷也应化解了。"于是他早已并不去仔细聆听火车那从另一个角度来看无比性感的撞击声。同样他不能不说希望车厢里的嘈杂更响些、更具体些，温热的臭气更加扑鼻，婴儿的哭声更加刺耳，挑夫的扁担砸中他的脑门，箩筐里的鸡蛋碎落一地，有人亮出刀子，少妇露出乳房，丑女再丑一些，扑克再旧一些，白酒更烈一些，花生皮屑落进他的鞋窝，横跨长江大桥一如过零丁洋，满天月一颗星……而他端坐在自己的坐席，温文尔雅面带微笑。他需要知道自己是这列车厢中最好的那一个。只是他需要双手撑着膝盖，他需要扶住上身，以保持自己这尊塑像的完整不碎。

昏蒙似乎随着她的城市越来越近而越发稀散。这让他再次清楚自己确实是有备而来。他尚能控制自己。他仍能把自己控制得游刃有余。但这并不是什么好事也并不值得庆幸。但也不是坏事。此时并不重要，它。还没到用上它的时刻。他明知道这所谓的新的城市并没有迥异的空气，但他还是在走出车门踏上站台时止不住地吞吸，以便不放弃大自然任何可能的协助。与此同时，他仿佛回到了家。他竭力装作一副游子归乡的感觉。毕竟他也在这里住过一整个月。正是通过这一整个月与她的贴身居住，他才真正使他们俩的器官最终绞合在一起。现在，好歹他回来了。"这是在提前给自己营造乐观的前景吗？"他在下车旅客愉快的响鼻声中欢乐地问自己。"越营造越落空。"他在心里呵呵笑着。而同时，他在思考此刻，他业已踏上她的城市的此刻，他是否可以、是否需要和她联系，告诉她他已经……
不。这么简单的问题很快就有了答案，但它在任何时刻都需要在脑
子里浮现一遍，而不能提前设置完备。但是，直到踏进她的校门、
直到最后的最后一刻，再通知她他正身处的位置，断然躲不掉"别
有用心老谋深算"的惊诧，虽然倘若放在美好时期这完全是让她激
动得狂奔欢呼的惊喜。想到这里，他不免思忖：之前自己为什么一
次都没有给过她这样的惊喜馈赠给她这样的礼物让她感到上天也对
她不薄呢？"哦，forget it。"他对自己说。"我不想后悔。根本就
不需要后悔。根本就没有后悔这回事。"

　　"到最后的最后一刻，再通知她，"他在心里对自己说，此时
出租车正带着他穿越他以为他熟悉其实完全陌生而根本上他无暇顾
及的南市夜景，"是最安全周密的部署。"由此他立即再次发现自
己怀揣着一颗多么虚弱的心。需要全方位每个细节都度量精确才能
把自己保护得完好无损。并且这完好无损最终完全是不存在的。但
是好吧，他对自己说，我并不否认我已体无完肤。我不否认我的贱。
今天，我可以贱。而这出租车，他想到他们无数次在车上，特别是
每次刚刚接上对方奔向自己的寓所，他们多少次肆无忌惮在这出租
车上搂抱拥吻得近乎窒息近乎伸进对方湿润的体内并放心大胆地在
自己心里提高出租车司机的心理素质和思想境界。但是这样的回想
是多么无聊。不，比讽刺更重要的是无聊。他是多么讨厌所谓的怀旧。
他永远命令自己成为一个没有过去的人。

当她在电话里没有当即说她不在南市不在这里也没有拒绝他时，他突然想到自己为什么之前没有想到"只要她没有说不在南市，那就说明一切还有希望。"因为，彻底的拒绝只需要这句无论真假的谎言。而随即她那并不吃惊更无惊喜并且连日来已经让他逐渐熟悉的冷漠，又立即让他感到自己之前的不完备有其命定的暗示；也让他顿时感到自己似乎并没离开自己的城市：他们之间，仍旧隔着一千公里；或者说，他们之间，已经隔着难以愈合的、任何地理距离所不能照应的距离。但他显然不会就此败下阵来。这点装糊涂的能力在这紧要关头不能缺失。大老远一路狂奔重新与她鼻息相近，不就是为了什么都不知道什么都不相信吗？

让他不可揣摩又隐约滑向更加不妙的，是她甚至没让他等太久，在一个正常偏短的五六分钟之后，就出现在他面前。而这短暂飞快的时间紧连着她那似乎已经固有的"正常"、无奇、对他熟悉到了冷漠的距离感，以及既不朴素更无专门装扮完全平淡得像一个陌生人没有为他做出一丁点努力哪怕是刻意糟蹋的外形，让他一瞬间差点在心里哭出声来。他甚至不愿再为他个人失去的一个爱而哭，他为所有的曾经的爱人如何可以变得如此不愿理解、甚至刻意仇恨到可以以如此高级的冷漠打击报复对方这一现象而深深苦痛。她为何不能、不愿理解不管之前他让她（也有他自己）多么痛苦那都仍旧是因为爱、都仍旧是因为仍然爱着她，而他从来没有也从来不可能要以冷漠和距离来接待尤其是远道而来的她。眼下这种丝毫看不出伪装或者如果是伪装那将更显其恶、而不再是爱的赌气的冷漠，除了确确实实的变心、确确实实的"没了感觉"，还能说明什么呢？在这瞬间的灰心中，他自然地忘记了动用激情去发挥一些可能的、合理的动作，比如久别重逢之后理所当然的拥抱甚至亲吻。而这动念一瞬间滞后，就永远滞后。很快消失殆尽再也唤不回来。他甚至不再掩饰他的疲惫和涣散甚至，那么一点苍老。他问："去哪……"他想说"坐坐"但其实想到的是之前他所有来到这里都是立即直奔一个可以躺卧抽插的床铺，而此刻，更提醒他注意的却是他声音的沙哑和衰老。他已经意识到自己也跟随其上的冷淡。他不由得听见自己心底不可遏止的下坠的叹息。以及它的回声。意料之中的，她并没像以前任何一次那样很快以主人身份给出地点的建议；意料之外的，她甚至不为之思索、哪怕是假装思索；她甚至没有意识到他会提出这个问题；也就是说，她根本没有准备去"哪里"；甚至她也没有为此显出她对他的提问所感到的可笑和纳闷。既如此，解铃还需系铃人，自己下的种只能自己用刀切，他也没必要拖延，"那我们，这是……？"她摇头；比摇头更重要的是几乎毫无表情，既无表示歉意的笑，也无厌恶和轻微的愤怒。甚至并不皱眉。她的淡定和轻松充盈着不可估量的喜悦。这种空无确实只有强大而真实的坚定才能支撑。

几乎没法顺畅地交流。她把他们面前设置了使尽一切办法都徒劳无功的屏障。非常成功。为期两年的摩擦交锋此刻终于第一次让他感到他的智商在此束手无策。他长途跋涉运筹帷幄事无巨细心思缜密，理论上他有足够的时间、精力和智力提前把一切可能都思想周密，眼下这么快就束手无策甚至让他自己都感到震惊和耻辱；而她却理所当然地对此没有任何惊异，甚至这束手无策也并不在她的预料之中：实质是她没有做任何预料，毫无预料的必要。所有最致命的武器就是她全身上下散发出的理所当然的、业已坚定而恒久的："无关"。它使他的一切哪怕是再微小的努力都显得可笑，都连他自己都提前对去希冀一个结果而感到可笑。在她那里一切都已经显而易见，不能理解竟然还有人糊涂至此惑于迷津。过程中他甚至发出"那我从那边搬出来呢，我搬到南市来……"这虽然声音喑哑但性质明摆着属于哀求的内容，但早在它的中途就被她无所谓夹杂着一点小厌倦的摇头偃旗息鼓。"即使一个情种的万般乞求，也绝唤不回一颗对爱情绝望的女人的心。"这些道理他不可能不懂。他知道自己在面临着一个怎样的对象一个怎样的处境。他呆滞地望着她，在等待和思考着各种气若游丝的新的可能；而她，旁顾着花圃细枝后的某个空点，远处小商铺的灯火在她眼镜片上轻微抖动，曾经她的泪水滴在镜片上一片模糊，让他第一次近距离地看到一个戴眼镜的人的哭。毕竟，她是他至今唯一一个戴眼镜的女友。也曾经，每次准备做爱前，她脱下眼镜放在床头柜上，这个动作此刻想来是多么性感，不亚于那些不戴眼镜的姑娘自己主动脱下胸罩。在这样的印象中，眼镜在他的脑海里是一个多么柔软的物品，它随时可以被折叠，揉成一团。隐形眼镜就是这么来的吧。终于，他突然抛出了他的贱的底限："你有新的男朋友了吗？"——好了，他并不想听她那在他意料之中的回答，他只是想看一下自己到底能够有多贱到底能够贱到什么地步。他想看一下在关键时刻他可以把所谓的尊严扔到什么地步。而他此刻是要庆幸刚才刚一见到她被她的冷漠激涌的泪水没有真的流下来吗；不够厚黑的贱才是最大的贱。他应该为自己彻底的贱而感到快乐。于是，当最后问出"那我现在呢，我今天晚上呢？"她仍旧意料之内地流露出和她无关的表示之后，他突然意识到他终将不会一无所获：他来回奔波十六个小时，只为在这个异地停留半个钟头；他知道他又为自己无人知晓的黑暗生命创造了一个同样不为人知的奇迹。他深知从此他羸老的残躯不会再有这样的雅兴，也不再舍得这样的折腾。这些空前绝后加厚了人心的茧皮，它们不会上瘾拒绝重复，只在同样的打击力度上呼唤不同的形式。

他是真的没有停留，义无反顾地走出校门就拦下出租直奔火车站。她也是真的没有回头，根本不需要担忧这个熟悉到陌生的人的行踪，自然轻松地消失在这属于她的领地的黑夜之中。这一切都是真的，虽然表面多么像是演戏。他本来以为，本来完全可以让随便一列火车捎上自己把自己带向任何一个随意的地点以便让这梦幻般的旅程继续延续。然而铁路的现实程序会一步步把他拉回理性，协助他把这次空前绝后掌握好它该有的分寸。十分钟后将有一般快车飞向他的城市，然而只剩下站票和软卧。软卧！啊软卧，命运的安排过于精妙，此刻还有什么比得上软卧对所谓伤痛的伺候。价格是来时硬座的三倍，这多么符合他此刻挥金如土的渴盼。他恨不得给她六倍。

　　命运的恩赐在意识到不该吝啬的时候确实奢侈到极限：他的软卧间空无一人，整个世界都清楚面对这个流放之徒不如继续赠予彻底的孤独，让昏暗的四壁和床架将他包围。他不累，他靠着下铺车厢外壁抱膝而坐，他在对面幽暗的镜中看到自己坐姿挺拔矍铄，白弱的床头小灯照着他清癯坚毅的颧骨和明亮凝滞的眸子。他知道自己强硬外壳的内里已经溃烂不堪，但正因为如此他更需要强行保持外壳的坚硬，期望它一点点一点点不易察觉地使内脏逐渐恢复成型。习习冷气使他头脑异常清醒，他甚至感到这是他两年来第一次有机会如此凝神专注。他像一个面临中考的少年在思考自己空白的人生。现在，他终于得到了结论：他的过去再一次被刷新和抽离。但显然也没有未来。这沉重的空白需要全新的准备。并且需要至少一整个晚上的定力来压服由它而生的令人颤抖的恐惧。当他和她之间最后一丝粘连在一起的温度被火车终于拉开完全独立，他突然升起一丁点那令他自己同样厌恶的骄傲：他发现，自己其实是多么喜欢被打败，这不由得让他重新体会自己一些曾经的胜利，他对自己一旦获胜就立即将之抛诸脑后的习性更加印证失败的迷人。他爱这被失败的群山簇拥的黑压压的力量。正因为这样的簇拥，他才更适宜于他愿望中的躲藏。是的，他所需要的，只是一个躲藏。一个永久的躲藏。行至午夜，火车像一支永不干涸的喉咙，埋头啃泥永不停歇。窗外始终一片漆黑，一丁点儿的星火都未曾闪现，可见它在多么广阔的原野耕作。这黑寂的车厢让他不时地拥抱着错觉：整条列车就只载着他一个人；就只他一个人，被这整条列车驮着，在黑沉沉的海面乘风破浪。漆黑的大地在代替他腿脚的车轮下面呻吟翻滚，迫不及待毫无保留地献出新的、更贞洁的自己。当火车扭动转弯，一节节肉体挤压舒展然后又被挤压，"吱嘎吱嘎"的声音不禁让人潸然泪下；他意识到在这个世界上，它，火车，它的肌肉是最好的，没有任何拉扯可以给它造成伤痕，没有任何分离可以拉伤它的韧带。他想象着沉沉夜幕下显着透视的长龙，他感到火车将他绑缚在它身上，让他与它紧紧贴合、粘连，直至融为一体，让他作为千挑万选出来的失败者接受夜间超常肌肉训练的惩罚。当黎明来临，火车重新驶上长江大桥，车轮与钢轨的撞击声显出前所未有的空旷和回响，这凌空的怒吼将震醒多少或大或小的生灵，也将度越那过零丁洋时怀揣不朽信仰的魂灵，破晓的晨色刺痛他整夜未眠的眼睛，但是他还是希望这盛夏末日的凌晨冷光射进自己的眼瞳。他在心里说："我回来了。但是我错了，我并不需要一个家。我只需要一个洞穴。"

2015/12/31

2016/5/24

鲜 女

胖丫没想到这么多出乎意料的事都这么快就全部涌来：首先，她没想到这么快就来到宁州，上午还在老家想着怎么过年，傍晚就跟着小星到了这个叫"双龙池"的浴室。其次，她更没想到，她和小星双脚刚刚落定，可以说一分钟没停，马上就开始上班，这火热的节奏既使她们特别是胖丫感到一丝丝混乱，又迅速迎着挑战调整全部的精神面貌以投入崭新的工作状态；最让她想不到的是，这个极其简陋的浴室，生意好得让她来不及吃惊，她们被领班领进休息厅是四点半，那时浴客已经是人来人往川流不息，而且大部分是熟客、回头客，从楼下浴池上来之后，大部分浴客并不在躺椅上躺下或者最多在躺椅上假装镇定稍事落座，随后很快选了小姐就上三楼，很多客人甚至直接点号无需挑选，看出来之前已是老相好。浴客上来，姐妹们涌去，选中，立即上楼，随后又有浴客上来，姐妹们再涌上去，有时一下子来两三个甚至更多客人，姐妹们更是蜂拥而上，其间楼上的姐妹完钟下来，招呼、兜售、上楼、下楼，眼前的人流简直让胖丫应接不暇。更重要的是，因为她和小星今天第一天到，只要浴客上来，妈妈桑首先向他们推荐的就是小星和她，"这是今天刚到的，"随后似乎还没想好接什么词，一时语塞，只能任由浴客猜想，但到后来，妈妈桑也越说越熟练，甚至直截用"绝对清纯"接在了"这是今天刚到的"之后，作为质量保证的宣传。"清纯"这个词形容小星是可以的，胖丫是怎么也……不仅配不上，甚至所有人都看得出来她胖、丑得完全没法做这一行。这紧跟着带来另一个意想不到：仅几分钟，小星就开始接客，但是胖丫几个钟头下来，一个也没接到；没人点她；但越是如此：胖丫越是受冷落，妈妈桑就越是要向浴客推荐她；她这么做，一方面是为了整个场子的生意，让每颗宝石都发出它该有的光挣到响当当的银子，不让任何一个人落下，另一方面也是给胖丫打气，不让她感到受到冷落，尤其是想让她感到双龙池"不仅不欺负新人，甚而还特别照顾新人"的传统作风。于是，胖丫越受冷落，妈妈桑就越是向浴客热情推荐，每上来一个浴客，妈妈桑就热情奔放地迎向他："给你介绍一个好的，今天刚来的，绝对新鲜清纯……"妈妈桑越热情，胖丫越不能辜负，也同样热情地迎上去——因为此时"新来的"无疑指的就是她，小星已在上面上钟；但随即她看到浴客闪光的眼睛瞄过她一眼之后顿时灰暗了一下，然后马上重又闪亮地朝她和妈妈桑身后休息间里其他小姐搜寻。起初这样的灰暗让胖丫心里打击不小，但妈妈桑毫不在意、毫不松懈的热情推着她同样继续喜笑颜开热情开怀；虽然在这瞬间她为自己脸皮能够这么快变得这么厚、完全从以往的封闭内敛中跳脱出来而微微吃惊，但现在也不是顾及这个的时候，她必须更加热情主动地坐到浴客身边，配合着妈妈桑展露自己那说不定果真亟待爆发的火辣和妖娆；尽管最终的结果仍然像事先担忧的那样落选。仅半小时，胖丫就发现整个休息大厅的主要活动就围绕着对她的推荐、落选、再推荐、再落选而不断地往复。但是妈妈桑始终没有泄气，更没有任何一言半语的责怪和奚落，这无言的关照和激励让胖丫心里升起一波又一波的感动，这感动无疑继续化作动力，心中不禁暗暗发誓"一定要尽快做成一单"，哪怕仅仅为了报答妈妈桑的知遇之恩。可是竟然五个小时过去，

妈妈桑携她拜谒了至少一百个浴客，可怜的胖丫竟然仍旧一单没有做成！此时小星已经接了将近二十个客，上完刚才那个钟下来时她红着眼圈悄悄对胖丫说她下面已经被插疼了，胖丫还没来得及表示痛惜，一个刚上来的浴客一眼就看中了小星，她随即又跟客人上了楼。转眼新客进门，胖丫继续展露笑颜迎上去，而且一定要展露得自然，没有丝毫强作的成分，而况这本来就是很自然的开心愉悦的事，本来就不需要强撑，这样感到时胖丫不禁感到脸上的肉松弛了一点，甚至微微歪扬着头，显出她认为的比热情更重要的——"气质"。五六个小时了，她累吗？说句地地道道的实话，她完全没意识到这个问题。大厅里的人流根本没有停过，她刚刚被落选，新客又上来

了，她的脸不断地笑、逐渐不笑、然后突然重新笑，根本不容停歇，连喝口水的时间都没有；其次，人来人往带来了声音，不喧哗不嘈杂，而是一种没有中断、形成一股洪流的背景音，嗡嗡作响，使人脑袋和身体都轻微漂浮，而同时，人群的温度和暖气更使得休息厅热气腾腾，整个气氛和节奏都不容脑袋停下来感受一下，都必须一次次迎头赶上迎头赶上迎头赶上。毫无疑问，在这么热而且相对封闭的空间里，胖丫早就满头大汗，由于她们新来还没来得及配发制服，便装穿在小星身上使她更加脱颖而出大夺浴客眼球，而穿在胖丫身上则成了只会使她冒出更多汗水的捆绑和束缚，但整个休息厅里的人都看出来了唯独她自己没意识到这些夺目的汗水，她摇摆着肥胖的身体和涨红的脑袋，继续随着妈妈桑的飞舞而在客人们中间漂浮。她脑子里不是没想过"最后一刻"的到来，"假如直到两点打烊我仍旧没有做成一单，"她微笑着的脑袋里立即回答自己："那就更应该毫不泄气"，"没有功劳也有苦劳。"……所有这一切使她热情如初，落选、失败对她的热情没有丝毫损坏，甚至她的热情就是迎着失败，在毋庸置疑早知失败的结果下，仍旧长盛不衰地面带新鲜璀璨的微笑。更重要的是妈妈桑，胖丫每次都注意妈妈桑向客人推荐她的热情，实实在在地说没有一丁点的减弱也没有一丁点的勉强，而且随着时间的推移次数的重复，妈妈桑的推荐已经不像是宣传，而变得越发情真意切，逐渐地，她不是在向客人介绍一个今天傍晚刚刚上岗、她事实上也完全不了解的小妹，而是在推荐一个本场子最好的，最美、活最好、最温柔的姑娘，是在推荐双龙池的头牌，甚至是在推荐自己的女儿。强大而持久的善意使人深陷另一个假想的实情。妈妈桑越发情真意切几近剖腹掏心声泪俱下，胖丫自己也越发觉得自己丰姿绰约楚楚动人风情万种出类拔萃。

尽管人声鼎沸人影川流不息，但妈妈桑的行动无疑随时都吸引和引领着众姐妹，早在两三个钟头之前，对胖丫的推荐早就不再局限于妈妈桑和胖丫自己，其他所有的姐妹也都向来客首先推荐胖丫。休息大厅里到处都是此起彼伏的"给你介绍一个新来的……"所有姐妹都自发主动地礼让三分，等客人对迎面走来的胖丫失望之后，再略带惋惜地献上自己略显冷淡但恰恰更激起客人欲火的身体。稠密的善意笼罩着大厅，甚至无形地感染着来客。浴客们更加感到双龙池今晚温馨甜蜜芳香柔美，真是不是家室胜似家室，更激起客人们心生尽快再来的决定。所谓尚未分别即已想念。双龙池的生意更好了。它的对手们今晚更加不能明了其中的奥秘。

推荐胖丫的气氛不仅停留在二楼休息大厅，早已飘飞至三楼一个个正在上钟的包间。小姐们不论是俯身舔箫的抬首之间，还是跨马摇摆的同时，或者委身其下被撞出控制不住的哭喊的间隙，都忘不了递送一句"给你介绍一个新来的……"直至午夜一点，小星在接待第42个客人时，已经累得瘫软，她提前跟客人打了招呼，说自己不是装，实在是没有力气再为他做更多，谁知客人兴许被二楼休息大厅善解人意的氛围感染，有一颗非常体谅的心，他反客为主，让小星躺着别动，他给她做了个漫游，最后还把她抱起跪正，给她来了个毒龙。小星浑身瘫软任其肆虐，在进入的一瞬间，欲死欲仙的客人大发感慨："太舒服了，我等会还要来一次。"本来瘫软的小星听闻此言顿时一个激灵："给你介绍一个新来的，……""不，我还要肏你。""她波很大……"

客人不再出声，只顾埋头看自己进出拖出的黏液，很久，"我就喜欢像你这样的一手掌握。"

小星又气又累，不再言语，任其把自己撞得胸腔一声接一声打嗝。

突然，客人问："你说的新来的，不会是那个胖子吧？"

"人家还好啊，那只是丰满吧……"

客人顿时萎了，一屁股坐下时懊丧地说："现在，你把我吹硬吧。"

双龙池开到两点是有它的道理的。它拒绝了二十四小时无休止的营业机制，它的老板深知并喜欢"把弹簧压缩将获取更大动力"的道理。因此，任何一天，直到一点四十不再放人进来，里面的客人至少还有五十个，都在忙着打烊前的最后一炮。所以直到最后一刻，胖丫仍像一只翅膀没有长好的飞蛾在最后一大群客人中间翩翩起舞。显然，仍旧没有一双眼睛最后选中了他，午夜的桑拿中心充斥着老板们酒后的咆哮："妈的人呢？他妈的每天生意这么好，让我们肏什么？！"

有一个人实在看不下去了。他已经目睹了胖丫九个小时历经千万次的热情推荐仍旧没有接到一个客的悲惨过程。他实在看不下去了。他不是浴客。他是休息大厅门口擦皮鞋的小邱。在此前的九个钟头里，他已经十数次差点忍不住要发作，但是他不知道该对谁发作、该发什么作，因此只能一次次地对接下来的时间抱以希望。但是眼下显然已是一天的结束，他不能接受这位新来的胖丫果真一个客人也接不到的严酷事实。这在双龙池的经营历史上前所未有。他决定带胖丫上楼。这个冲动非常强烈。他不禁为之颤抖，尽管整个休息厅热气腾腾。但是，当他隐在门口鞋柜下的阴影中盯视胖丫，他明确地感到自己实在没法喜欢这样的姑娘，他担心他把她带上楼，自己却有心无力，反而带出更多问题。他在纠结。他在挣扎。在他纠结挣扎的时候，妈妈桑走过终于空寂无人的大厅，合上大厅的大门，说："下班吧。"

小邱走到楼下，路过收银台的时候他停住："老板，明天我不来了。"

"你说什么？"

"我辞职不干了。"

"为什么？"

"……也不因为什么吧，我准备到街东头开一个擦鞋店，自己打拼吧。"

老板笑眯眯地点上一支烟，在烟雾中看着这个让他有点看不懂的表侄。"你跟你妈说过了吗？"

"……"小邱抓抓头，"我自己的事，也用不着跟别人商量吧。"

老板这次笑出了声，他笑的声音很好听，很温和，像浴池里的温泉流涌。"那我现在要把工资结给你吗？"

"不用，"小邱已经往映着霓虹灯的外面走，"你还是按店里的规矩，月底打我卡上吧。"

2016/1/15

女 儿

很奇怪，并不是很多人不相信：他所能记得的自己最早的记忆，竟然是他只有几个月、差不多五个月大时的一幕。一个人竟然能够记得自己五个月大时的情况，或者更确切的角度应该是反过来：一个人五个月大的时候就能将一个记忆深刻在脑海并延续几十年不弱不灭，他不想寻求科学或心理学或病理学的帮助，他甚至也不想对此表示惊奇。与其在暗里增加一些对某种可大可小可实可虚的物件的激赏，不如说随后泛起的是更多习惯性的广阔困惑。

那不是一个捕风捉影的猜测和摸索，而是，他没必要对任何人和物对天发誓，他只需要自己知道就好：历历在目清晰如昨。那是在夜里，灯突然亮了，当然其实不可能突然，在那个贫乏的岁月，家里的夜光尚且依赖于一盏煤油灯，甚至在他更大一点之后，竟至于灯盏也消失，而是一只主要用来生火做饭的煤油炉子，这是后话现在不赘。

灯突然亮起这符合婴儿的记忆也正是他记忆的实情，他的记忆只可能从灯光突然照亮开始，而不可能记得此前他母亲窸里窣落摸火柴擦亮火柴的嗤一声。他被他母亲撑着他的胳肢窝抱起，他现在仍旧记得非常清楚：他母亲是从他后面把他抱起，这使他得以完整地看到他蜷缩抬起的小腿下面床铺上他刚刚拉下的那坨屎。它不像我们现在表情图案中的那坨屎那么可爱，尤其没有表情图中那宝贵的尖顶，但确实呈坨状，显出它此前在作为婴儿的他腹中的饱满富足。这一点是他之后一直解释不了的：他是在睡卧中拉下了它，理论上他的屁股会把它压扁，它如何能够像馒头一样叠起，这不真实，但又无法深究。但画面只到此为止，永远凝固在这一幕，他被母亲撑在半空，他低垂的目光与刚刚离开他身体的这坨屎之间静止着一条线，他呆呆地看着它，看着它向光那半圈油润地映着光亮，看着它上空轻微摇曳着的热气。此前此后的点灯、起床、掀开被子、擦屁股、清理床单，都不存在。它是一幅画。一幅照片。一道没有亮起也不会熄灭的闪电。因此整个这帧记忆也没有声响，他永远被他母亲撑抱着，他永远蜷缩着俯首凝视，灯火永远扩出·个不算小的圆弧，在远处的墙角和屋顶淡至黑虚，在这帧画面中他没有发出任何声音哪怕是咿呀哑嘴，母亲也没有甚至没有发出惊叫，更没有对她自己对空中对墙对黑灯瞎火或者对着根本听不懂的他发出责怪嗔骂——我们知道，这很容易发生，脱口即出；相反，一切都只静静地、默默地、顺从地、承受着、静止凝固着，就像画面中他母亲抱着他时额前被定格的那几根发丝，只有灯火保留了它们的透明和恍惚。

他在远离故土远离母亲的异地想到这一幕，原由来自另一个更直白的数字计算：凝固在画面中的母亲，二十岁。正好是他现在年龄的一半。一个人，竟然自己的年龄可以是母亲年龄的两倍，这完全是一个不可思议的数学题。他知道在这里动用"美丽"这个词是可笑的，每个母亲留存在她孩子心里的形象都不可能是丑陋的，尽管她事实上（尤其在任何一个他人眼中）很可能是个很丑的女人。当形象的评价变得无效，年龄的数字的蹊跷就更加凸显。他想到：如果他在她母亲生他的年龄生出一个女儿，那么这个女儿此刻也正好能够再生出一个他。

但这并没有让他感到他必须尽快有个女儿或其他类型的孩子。他甚至在意识中把这个念头主动往前往深推进了一下，仍旧没有得到丝毫温暖的回应。每当他读到生殖是作为动物的人类的本能他就困惑于自己这方面的缺失。他不讨厌孩子，甚至不克制对他们的喜爱，但没法把他们和自己产生直接的联系。他还没有时间和精力来面对和解决自己那愚蠢、偏执的疑惑：他尚且不能知道自己为什么而活，又如何盲目地拖出新的生命？让他们出生长大之后继续为此困惑吗？他们有可能解决这个困惑吗？"完全没可能。"他心里的声音使他抬起头，目光立即被一个紧贴隔壁玻璃墙落座的女孩所吸引，她衣着并不鲜艳，但黑灰色的棉绒外套和胸前白色的毛衣所显出的雍容安详在此刻似乎正给他带来最安稳的慰藉；与此相衬，她因为低头翻看杂志而垂挂下来的长发在玻璃的闪烁折射下晃动着油润的光泽；而最外面的玻璃墙外海滩上的阳光白亮，把整个室内都压成了一种灰褐色；正是这些稳重内敛的颜色给他经验中熟知的安全感，他走过去，不急不忙，甚至先在这边和她相邻的位置弯曲手指敲击玻璃，当她受惊抬头看向他时他含义不明地指指她对面的空座位，朝她抛去一个宽厚的微笑，随后沿着玻璃墙走出这边的门，绕过去走向她在他刚才指着的空位坐下来，他用不着注视她就清楚地知道她始终盯着他刚才的整个行程。

"我需要一个女儿。"他本来想先点好一杯咖啡喝上一口润润嗓子，但坐下的一瞬间发现什么也没有开门见山更好。她的吃惊毫不意外，但他只能分清主次各个击破，先来第一个："不，你别误解，我不是想跟你生一个女儿，我是需要你这个女儿。"

女孩的吃惊并没有加深，她保持着坐姿不动，双手还捏着杂志的纸页，只有深陷在眼窝里的眼睛直勾勾地盯着他，嘴角两边的脸颊逐渐泛起促狭的笑意："那我妈妈呢？"

"两个人的家庭是最美满的，宝贝。从来用不着第三个人。如果有了你妈妈，我就不会再要女儿。"

"好吧，"她"啪"一声合上杂志把它扔在桌上，"我今天刚换了一双新的球鞋，正想有个爸爸陪我去沙滩上踩一踩。"

太 湖

三年前，我朋友曹文令跟我讲过一件事，这真的是一件小事，不仅没什么发人深省的道理，甚至算不上一件完整的、有头有尾的事，但我一直不能忘记它，甚而时常想起它。后来每当我想起这件事，不自觉地就会思考它难忘的原因，但始终没有有说服力的答案。现在我只能不求完善，先把它记下来，以求忘记。

那一年曹文令住在苏州，孤身一人举目无亲，每逢孤寂过于沉重，就驾车二十公里进城，借享用美食之名乘机投身灯红酒绿，权且从独居的沉闷中抬头呼吸一口清新空气。

他居住的邓尉山进城有好几条路。其中那条最主要的苏福路因为是最初很长一段时间唯一知晓的通道而不断走不断走，之后逐渐感到枯燥乏味。后来他摸索着找到了另一条可以进城的福东路，这条路并不比苏福路窄，实际上和它一样是一条主干道，但由于它在镇子边缘一路往北，比苏福路更长时间处于城郊结合部，因此它的路况更加粗野，弯曲、坡道、桥梁、村镇，路上的车、特别是重型大卡，都比苏福路多，而且由于路中间没有隔离栏，车辆行驶更为野蛮，而正因为所有这一切，都使曹文令后来更喜欢走这条路，至少这条路可以感到更多的陌生和新奇，这些陌生和新奇使他后来走这条路走了多次仍旧感到新鲜，甚至不熟悉；由此他也不得不随时注意路况，随时切断脑子里默默延续的独居时的思绪，从中摆脱出来，达到出门散心的目的。

当时正是冬天。那一天很冷，而且细雨绵绵，一直下。曹文令开车有个特点或者不如直接说是缺点，就是快，但是，虽然快，但他除了对路上的人和车特别警觉之外，他还特别注意偶尔（其实有时是经常）穿行马路的小动物，这简直能够算是他另一个更大的特点了。他特别忍受不了被车撞死、碾压的小动物。不过曹文令立即表示：这一习惯必定是与他之前养过狗和猫有关，因此他坦陈：这个习惯绝不能表示他特别有善心；事实上即便仅仅从具体的饮食来说，他吃肉并且很喜欢吃肉；在生活的更多方面常常更是事不关己高高挂起的角色；他自己认为：这种不忍心直视路上被撞死的小动物的心态，实际上更是对某种事物过于软弱的表现。

偏偏不巧，这仿佛正是一个猫的繁殖期，那天中午他经由福东路行至府巷路段，就看到自己左侧路边的草丛中，两只幼猫撑着又湿又黑的小躯干，举着细小的上肢往上爬，似乎想爬进车辆熙攘的路面。

在他的车迅速闪过的瞬间，他看见一只大猫（这无疑就是两只幼猫的亲娘）在幼猫身边侧身钻进草丛下的渠沟。大猫没有阻止小猫往路面爬、甚至没有把它们拖下草丛拖到更安全的地方，曹文令对此不能理解。母猫也和幼猫一样，不知灭顶之灾就在身边吗？这真的没法知道。猫是一种让人难以理解的动物。它们一直显得自有主张。他开过去很久，还在想着刚才幼猫在风雨中摇晃的身躯，和不断张合的嘴巴，虽然他在快速行驶的车内自然不能听见它们的叫声，但似乎正因为听不见，它们的叫声才更清晰地在他耳边盘旋。当然他知道这只是一个一厢情愿的幻觉，在意片刻即可。前方一辆辆大卡由远及近呼啸而过，随后一个左弯，新的路况迅速溢满他的意识，他甚至在晃动眼珠的同时，翕动嘴巴跟着音响里的歌有一搭没一搭地哼唱。

他在城里吃了一顿上好的牛排，整整一下午泡了一把舒服的桑拿，在夜幕降临之后带着清冷的香气独自看了一场电影，当然他早就过了寄望餐馆艳遇和影院艳遇的年纪，电影结束之后已是午夜十一点，他站在影院门口看着淅淅沥沥的雨发呆，现在这个时间让他尴尬，说早不早，说晚吧，他又觉得今天进城虽然已经娱乐享受了很多，但仍旧不觉得尽兴。他在想还有哪里可去。这时曹文令插叙了一件事。

"我第一想到的是杨花里的一个发廊。这么晚了如果还想去一个地方的话，这就是唯一的选择。但是那个发廊我现在却不敢再去了。我刚到邓尉山不久，在一次进城闲逛中发现了这家发廊，这是一家奇怪的发廊。门面极其破旧简陋，但室内却品位不俗，干净整洁，房间摆饰都布置得美观大方，灯光既不猥琐也不艳丽，简直比家里还舒服，更重要的是里面的姑娘一致的年轻漂亮，而且待人亲善周到，实在令人惊奇。我总是找一个叫王晔的女孩，一回生二回熟，逐渐地王晔开始不断地向我表露她不想做这一行，一开始我还傻不愣登问她'那你想做什么呢？'我其实不是反问，但话出口却有'你除了这一行还能做什么'的意思。但是她并没有生气，只是后来越来越多地在短信里描绘她不久之后要做的事，实际上那些也不是什么了不得的'理想'，无非是开个服装店什么的，但由于这些事一方面我完全无能为力，另一方面，更重要的是，这让我感到一种无形的责任，深感参与她未来理想的合谋，同时也就承担了帮她脱离这个行业的重任……这种协助指不定会让她未来粘着我，虽然她提到的那些'理想'并不过分浪漫，但她言语里多多少少的幻想成分让我紧张。我开始逐渐冷淡，并迅速抽身、消失。后来我手机正好换苹果也换了新的手机号码，这个人、杨花里就彻底在我这里消失了。这事已经过去三四个月了，但是说实话我经常想起这个地方，经常想去看看那个发廊是否还在。"

　　因为这件事的缘故，在影院门口犹豫了几分钟的曹文令，无疑最终理智占了上风，迎着黑雨奔进自己的车，回想着一下午和一晚上的快乐，并无任何遗憾，开灯，发动，回家。或者说，回住处。怎么说那也只是一个临时的住处，算不得家。

雨没有变小。尽管在车内他已经感受到空调的温暖，但之前几次车外步行感受到的寒意乃至忽然而至的冷颤，让他此刻在安静的车内不禁想起远方一个朋友（其实就是我）喜欢学着刘德华声情并茂的样子演唱那句著名的唱词："冷冷的冰雨在脸上胡乱地拍……"他笑了。然而当他驶上福东路，特别是逐渐接近府巷路段时，他立即想到了猫。他目光尽量远视，好在路面虽然潮湿，但被他的和接二连三对面的车的灯光照得清清楚楚，路上任何一个凸起都能一目了然。他安全意识很强，但是他确实开车太快，几乎绝大部分情况下他都有大小不等的超速。他虽然懂得不在路上争强好胜，但每时每刻似乎总有什么急切的事情在等着他。而这完全是个幻觉。他本来就是为了离开住处寻找悠闲才出门，但一旦出门，他又急着赶回去，总觉得自己的事在急等他去做。出来了想回去，回去了想出来；本是天下第一闲人，却搞得比救火车还忙。多次因超速扣分、罚款之后，他不断提醒自己要改正这个不算小的问题。情况也越来越多地得到改善。但是一旦他状态好、心情好、感觉好的时候，他的油门就不能控制地往下压。不过他并不因为超速而得意。他似乎仅仅迷恋速度本身。带着一种飞翔的感觉，迅速赶到目的地，然后立即感受下车后步行时的缓速所带来的强烈对比。似乎有种刚从云端落地的感觉。正想着这些，世上确实存在着"你担心什么，什么就会发生"的事：老远地，他就看见一只幼猫跌坐在马路中间——确实是正中间——摇晃着叫喊，他根本不需要多花一秒钟去辨别，当远处地面出现那个微小的凸起，他立即就知道它一定是一只猫，尤其是瞬间就能发现它的轮廓不像石头那样坚硬、而是模糊柔软的渣毛，那它只可能是猫，待到它摇晃之间虽然弱小但仍能具备它们家族天性地迎着车灯飘出两道金黄的瞳光，那就什么也不用怀疑了，而在这确定无疑的同时他在心里更响地惊叫了一声。他甚至断定它正是他下午看到过的其中的一只。就算不是他见过的一只，事情也没有变得幸运。一辆开过去的车掀起的狂飙把它推得仰面跌倒，它哭喊着挣扎着坐起，另一辆开过来的车掀起的反方向的狂飙又把它推得俯身趴倒，随后又一辆过去的车再次把它掀翻，如此往复，它就这样像拨浪鼓似的被车风掀得前仰后合坐立不稳，湿漉漉地在马路中间一个小水洼里翻滚——那对它而言不亚于一个大池塘，早先它似乎一直在试图爬出那个池塘，走到一个它认为的安全的地方，但它两边不断交错的车辆使它迷失了方向，很久以来它应该是感到自己落入了魔掌危在旦夕，而更早的时候它是如何蹒跚到路中间的呢？它的妈妈兄弟们去哪里了呢？完全没法知道。早就说过，它们自有主张。而此刻，曹文令清楚绝大部分司机不可能看到它，尤其是那些大车司机，或者，就算看到又怎样呢？难道会因为它，因为这么个小东西而突然停车，下来把它拎到路基下面的草丛里，并因此交通堵塞甚至被两边的车撞倒？如此的小题大做一定会被受阻停下来的各个车主喝骂嘲笑。没有人会这样吃饱了饭没事干。正如曹文令自己此刻虽然飞速地想着这些，但车速同样没有丝毫减慢，仿佛一旦行驶在这快速通行的车道里就不可遏止地遵循着它天生的游戏规则，仿佛所有人都感到这只垂死的幼兽是一个不可多得的观众，在这难得的机会必须更加尽力地表现自己的车技，岂能减速乃至停车！在他的车仍旧迅速前行的短暂瞬间，他心里既不希望看到它还在路中间又担心它果真爬出了泥潭爬向它身体的任何一边，那一定使它加速变成肉泥。就在这万绪穿心不知所措的时刻，对面一辆超高的货车射着弥天的远光灯飞速驶来，曹文令看见它的前轮离幼猫非常近地呼啸而过，他留意并祈愿它不要面临不测，但见它被车轮呼啸而过所喷出的气浪弹到空中，随即摔倒在地，完全淹没在泥潭之中，与此同时，他也飞速地与它擦身而过，与它擦身而过的时候他看见它在泥潭里颤巍巍地撑起一只竹枝似的肢爪……他立即看反光镜但什么也不能再看到，而与此同时他依旧没有减速甚至还不自觉地稍稍踩了一下油门，似乎以尽可能快的速度给后车树立某个虚幻莫名的榜样，同时在心里轻松斩断那痛苦纠葛的黑渊。

　　但是问题来了。回到住处他一直不能睡着。"但是我想来想去，"曹文令说，"我能够真实地感到，猫的事情不是主要困扰。你知道的，不在事后让情绪徒劳地扩散升级，这点意识和能力我还是有的。"他做排除法。一整天，没有喝茶，没有喝咖啡。舒适的桑拿提神，但已经快十个小时了。没有吃晚饭，空腹，但不饿。冬雨，这有可能，但最多也只会起很小的作用。而且来回驱车四五十公里，虽然表面上都是车在跑，但自己同样有精力体力上的消耗。按理说所有的这一切都利于自己舒坦地进入睡眠。但是他精神平静地清醒着。既不困倦，也不特别焦躁，他知道这是最坏的情况，一定得做点什么、得再有更大的消耗，这个夜晚才能得以平安结束。他脑子里偶尔想一下路中间那只巴掌大的幼猫，在随后伏案临写欧阳询小楷《心经》时，仍不能凝神专注。他不断地反问自己：难道现在，再驱车去府巷路段看看它的情况？是否已被压成肉泥或一张扁平的猫皮？或者奇迹般地存活？或者更多的可能是路上什么也没有，既不能知道它是否已经被碾压成齑粉连皮毛都没法寻见，也不能知道它是否或鬼使神差地通过自己的努力或得到它妈妈的帮助得以逃脱那个九死一生的屠场。然而现在已经两点钟。他是要在下着雨的凌晨两点去看一个完全可能什么也看不到的现场吗。而且如果看到一摊血肉模糊的皮毛，自己该怎么办，自己能做些什么？左右矛盾的思想疏懒着他的意志，同时又让他在室内坐不住，在这一刻，他渴望见到什么人，可是在这座城市、尤其是这个钟点，他没有一个人可以见。但是这样的念头一旦升起，他就止不住想到了杨花里，想到那个发廊。想到此他立即放下毛笔，摩拳擦掌在房里踱步。去做什么呢？不清楚，但他觉得自己完全可以开车从它门口的路上低速路过，只要看看它还在不在就好。这么想着他抓起钥匙就下楼。因为再晚下去发廊也要打烊了。他关门、下楼、开关一楼防盗大门时都注意轻手轻脚，凌晨两三点最易惊人。不过一旦上车点火，他就无所谓了，一来封闭的车体即将飞离此处，就算它的声响惊醒某人，他也已消失得无影无踪；二来，更重要的是，其实他也没法让发动机点火的声音变小。

很不能理解但他又在心里绝对赞成自己的，是他义无反顾地走上了苏福路，而远离了福东路。一个最浅显直白而又说得过去的理由是苏福路虽然在距离上没有明显更近但在方向上更直接地面对着杨花里。但这丝毫没有有意避开幼猫现场的本能吗？这样的责问也只是在脑子里轻轻闪烁，他并不想总是为难自己。而且说到底这几乎就是没有意义的为难。但是突然之间，几乎没有任何缓冲地，他松开油门，并且让它一直松着，车毫无悬念地在减速，当他在心里想问自己怎么了的同时，答案就已经自动升了上来：突然之间，他对去杨花里兴味索然。既感到路途遥远而灰心丧气，又感到那里有着自己无法探明的结局和无法深究的头绪。甚至他对无论去哪里都没了兴趣。仿佛就只为了再次跑出房间呼吸一下浓浓的夜气。前后都没有车，但他还是习惯性地打开右闪，让车悠闲地停在路边。车逐渐停下时他在心里嘲讽自己："不是能够做到随时停车吗？这路上有什么游戏规则是不能破的呢？"等车停稳他又骂道："现在没有任何事你都能停下，刚才一只活生生的生命却不能使你停车，你脑子进水了是吧。"这么一想，他突然明白自己似乎并没有像自己愿望的那样：忘记了猫。既如此，他一不做二不休，尽管前后仍旧没车，他还是打开左闪，开始调头。

路上的车确实少多了，甚至可以说几乎没什么车，福东路的情况一模一样。只偶尔一辆驶过，并且不知道是否正是因为夜深车少，偶尔路过的它们也都好像不那么飞快，声音也不像当初那么威猛，仿佛少了观众和竞争者，它们都更加回到了自己，不再像车，而像一头头蠢笨的老牛。他意识到这个问题时，发现自己开得也不快，整个状态都像他的心情和车身一样木讷而沉重。他又回到了或者说又延续了在屋里的样子，但是在路上的思绪他没有感到厌烦，这速度，夜色，窗外虽然不明但毕竟在流动的景物，和思绪处在同一条河流里流淌。也方便他更细致地扫视路面。但是他一路走去，除了见过一条长长的透明胶带纸被风吹得飘飘荡荡，没有见到任何异物；他清楚地知道，自己早已走过了府巷路段，但过犹不及对排查有利，直到临近高木桥，他才逐渐减速，没有多想，再次调头，准备在回去的路上再仔细排查一遍，这总能达到这个夜晚彻底的交待。

　　永远只照透局部的灯光增加了道路的陌生。所有夜行的记忆都是这样：半圈路，半圈夜空，灰白的草。虽然他的眼睛睁得很大，但往深里追究，实际上他头脑有点空木，一切只是凭熟练的惯性往前行驶，或者说让时间消逝。他甚至并不在意此刻是否再次、再一次正碾压着府巷路段、经过着那只小猫当时跌坐的水洼。"突然，"曹文令说，"灯光一抖，我好像看见一个白影，前面草丛中一个白影，一闪……"他立即松弛了表情，笑道："别担心，很快就被证实是幻觉。事实是那里什么都没有。但是与其说这是幻觉，不如说是我某些'盼望'在作祟。在这个下雨的半夜，出现一点鬼怪精灵几乎成了我既害怕又盼望的事情。但这个念头一旦闪过，我倒开始禁不住地想：

假如出现这么一个白色的活物，它会是什么呢？幼猫的精灵？一团猫的绒毛？飞舞的猫皮？甚至，是王晔？……别紧张别紧张，我不是要有意把事情搞复杂，事实上当时我脑子里升起的用来遏制我胡思乱想的话是："建国后已经不许成精"……"

但是，就在这个晚上准备最后空手而归的时候，奇怪的事发生了。当曹文令被自己冒出来的"不许成精"的"戒令"逗得笑出声的时候，一抬眼，他看到了路中间那条飘荡的胶带纸——但是，——他立即右靠，因为他已经看清楚那个飘荡的东西并不是胶带纸，它没有胶带纸那么脆亮，而是更加柔软、黯淡、有分量……他下车，在灯光中走近它，严寒提前避免了它作为他害怕的活物——蛇；空寂的午夜也壮着他的胆，他没有犹豫，伸手握住了它，甚至轻快地把它缠绕在手上，与此同时他感到了它的质地——丝棉，这是一条被淋湿溅脏的长丝巾，它为什么会掉在路上、为什么会落在黏在路中间、是谁掉落、是不小心还是有意掉落……这一切都不重要了。至少不再重要得需要问一问自己。而况更重要的是不可能有答案。他捏着它，因为前后并没有灯火和声音的吸引和干扰，他没有极目四望，只垂着头看着下半段还粘在路面的丝巾，甚至有点悠闲地在想着该拿它怎么办。"在这个算得上有点小折腾的晚上，"曹文令说，"在这个该做的都没做、该看到的都没看到的晚上，一条丝巾却在路中间向我挥手求救，你说我该拿它怎么办……"

他回到屋，把丝巾丢在塑料盆里，放了清水浸泡起来，他准备第二天早晨让保洁阿姨把它清洗晾晒。他打开电热毯暖床，然后去洗漱、泡脚。等他坐进被窝，褥子已经很热。他看了一眼床头几本反盖着的书，一动不动，没有去碰它们，然后迅速地脱衣，睡进被窝，伸手关掉台灯，随后在枕头边摸到电热毯的开关，关掉了它。他把枕头拖近，使枕头更多地包着头和脖子，抵着被筒，使整个被筒包裹得严严实实。"但是这不是结尾，"曹文令最后说，"这个晚上真正的结尾是，当我的意识逐渐和黑暗融为一体，向遥远的福东路延伸，向苏福路延伸，向杨花里延伸，同时也向相反的方向延伸，也向半空中升腾，这样我就看到了我枕头前面的太湖。太湖像一只胃，也像一只小猫，蜷缩在我的枕头前。当我意识到整个晚上的一切都被肥嘟嘟的太湖轻轻地包围，我才终于感到了那种睡着前的舒服和模糊。我最后挪了一下头，枕着太湖睡着了。"

2016/4/28-6/18

明 强

　　天空突然扭曲，正中稍微偏右没有任何征兆纵向扯出一条吃力的裂缝与此同时我听见一声别人不能听见、就像半夜一个浑身疼痛的庄稼汉辗转反侧不小心把脊梁骨翻断的声音……阴影让我迅速辨明是右半空落下几公分或几公里这尺度不由我作主我慌乱急忙左右张望因为天空裂开的那一瞬间我抖动的眼球能够向我保证其他发现这一异象的人绝对不超过五个说实话这一现状非常让我着急……而这一切其实是极其迅猛一下子全面涌进我的眼睛脑海耳朵甚至还有嘴不管涌进什么我只是想说是全部突然一起涌现根本没有先来后到的闲情逸致……而说话间，低斜下来的右边天空马上又不由分说没有任何过渡完全就是突然切入地，布满圆盘，状的颗粒，排得非常整齐就像成千上万颗被薄薄的乌云遮挡着的太阳，每颗都在飞速旋转摩拳擦掌等待右半空的指令并且由于旋转而上下左右轻微移动但整体排列整齐，我正担心着说实话我还在为前面没人发现在他们愉悦欢快的一生的这个周末逍遥的几秒钟内已经发生如此足以改变他们家庭人生理想乃至身体等等一切的惊恐变化而担心现在又为这些圆盘是否会很快砸向我们而担心着而最重要的是我该如何把我的惊叫喊出来以便让至少方圆一公里内的人群全部听见但是这一切还没……所有的圆盘已经砸下来沿着笔直的斜线砸向我们所在的第一八佰伴以及前前后后而且它们似乎并没有由小变大在空中多大落下来时还是多大……如我所料第一批砸向地面之后紧贴天空当然还是右半空它们立即再生一批然后再次呼呼砸下来然后再生再砸如此周而复始永不停歇。我若站在稍远处看以八佰伴为中心的这一幕，最让我触目惊心的就是"斜"，一切都在瞬间斜了，天空斜了，圆盘斜砸着，就连地面也斜了，那些楼当然不可避免地斜了，人也是斜的，手和脚全斜着脖子也是斜的。未及任何心理准备四周立马响起密密麻麻的乒乒乓乓声人群几乎还没来得及惊奇和纳闷就哭喊尖叫仓皇奔逃，而且奇怪的是逃向的目的地仍旧全是八佰伴的各个门洞而为什么没有一个人奔向附近的其他大厦这就导致逃命的战线和时间被拉长那些离八佰伴很远但可能离新梅广场更近的人在圆盘砸了四五波之后仍旧跌跌爬爬从北面向八佰伴奔来……所有黑黑的人从各个方向倾斜着奔向八佰伴就像八佰伴通过各个门洞把这些蚂蚁吸进来一样但我来不及纳闷和惊奇，一边大喊着一边弯腰张开双臂赶着我的女朋友们就好像她们像群小鸡实际上她们都比我高扑向西大门的玻璃门廊，Jody和张小梅远在我的怀抱之外我声嘶力竭朝她们大喊大叫但明显她们根本听不见不过隔着人头的交错我看见她们让我放心的抱头鼠窜并且逃得很及时，张小梅跨进门廊的最后一只十公分的尖细鞋跟刚刚拔地而起，一只圆盘就无声地把那块地面砸出了一个圆洞并且深陷洞中。在悬空横梁的虚假庇佑下大家相互搀扶支撑着因喘息而摇晃的身体，斜着眼睛张望不可思议既混乱又仿佛有条不紊不过这更可怕的天空，而此起彼伏的建筑倒塌的轰响声、巨幅幕墙的碎裂声、尖利凄惨的叫喊声随时打断他们对天空的惊愕，而陷入新的不安。但重新投去的视线对我们了解原委同样没有任何作用。

留在原地就是坐以待毙。这是我有限的人生对大难临头的深刻经验。这么想着我和姚伊豆柳文婷其他人隐在黑暗中看不见就迅速呼呼而下。混凝土钢结构下水管在两侧偶尔隐现甚至下巴擦到过雨丝。时不时的也有人落得比我们更快。同样不可避免的是：肯定也有人落下或走散甚至已经被圆盘当场击毙。这是毋庸置疑的至少我从头到尾没见过小野但我现在不想其实更是无能为任何事任何人分心。我两只手只顾握得住另外两只手。不过好歹我还有能力把这两只不管是谁实际上就是姚伊豆和柳文婷的手握得相当的紧并且已经出汗。衣摆和头发都被风掀得猎猎向上，我注意到这种情况并不唯我独有，我愿意相信向上的风使别人更潇洒。当我们落地，我才发现何止是"有人"落下了，我左右紧握的两只手在落地的瞬间就各奔东西迅速隐没于黑暗之中最后留下的是两缕飘柔的发梢。我也很决绝，我坚持对这两个婊子的无情不动声色哪怕事实上在慌乱的奔逃中不可能有人留意我的表情，而当我感到决绝的同时我倍感宽慰：分离使我终于重获睽违十年之久的无牵无挂。我只停了一秒，不，严格地说我至少停了三秒因为我意识到我自己从落地到开始奔跑一直保持着一个固定的 POSE，按照某个曾经讽刺过我的人自作聪明的想象：一个 POSE 至少需要三秒。尽管我落地之后的这个 POSE 也只是奔跑中任何一个动作的定格。由此可见我的神经高度紧张，从地面下落那么久的英姿飒爽并没使我糊涂，我清楚即将而来不短的奔跑的命运。然而空旷的下水道并不像我想象的那么长，而且我自己也并不像我想象的跑得那么急切，也许是我感到有些腰疼，我左手伸进敞开的西服下摆撑在胯骨上呈焦裕禄的走姿必定影响了我的大步流星。五十步之后我就看到了亮光，但是更突然的左边洞开着三扇水库闸门一般的大石门，我撑着腰走了出来外面阳光很好，安静，是春天，大概下午三四点钟了，阳光虽然明亮但是力度不足，力度虽然不足但是温度很高，我胸口和背上的刺汗使我发现愈发醒目的旧毛衣让我与焦裕禄更加形似。这种阳光刺得人必须长时间眯着双眼的下午记忆犹新，我仿佛记得我那呆滞的童年的一半时光都被这种下午笼罩。虽然没有花香但确有鸟语。而且我在低处。简单地说石门外的这块空地就是山坡上挖出的一个大坑，连接着下水道和地面的出口。空地越靠近门洞这边越齐整，不仅有规整的大石门，地面甚至还有浇制多年、裂缝中长出青草的水泥，而其他三面越往外地面越碎裂，逐渐为自然的山石所替代，最后连接着三面山坡的峭岩，自然形成三面坑沿。最顶头那边蒿草丛生，草头上笼着一群淡灰色的蚊虫。左手边的峭岩上刚刚经过寒冬摧残的枯藤正在淡定地返青，最前面的石门阴影下阿美正在为一个卷发的看起来像阿拉伯人的小伙子口交。小伙子肌肉很好，汗水使他黑棕色的皮肤油亮，阿美的皮肤也被晒得棕黑。许是低头看着阿美的吞吐，小伙子卷曲的刘海上垂滴着汗水，他挺拔黑亮的阴茎使我也迅速勃起，不过我立即安全地感到我的阴茎被紧身牛仔裤有效地压服并雪藏为此我还特意更加硬了硬以便更明显地感受牛仔裤对它的压服。我拉着上面的粗藤蹬着松软的土往上爬，一只没有尾巴的壁虎惊得四脚摇摆迅速扭进了石缝。就这么动几下，脚底的汗就浸湿了袜子，全身也立即荡漾着春天特有的肮脏的舒服。跃出下水道与街面相通的圆洞口，地面上黑暗的天色令我非常困惑，唯一的解释只能是我换了一个重要的地方，需要色调的明显区别来加以强调。我看见海凤姨妈和我妈妈就在洞口的街边弹古琴，严格地说是海凤姨妈在弹，我妈妈正在拾掉在水沟边的琴谱，头发被风吹得一摇一摇的。天黑得厉害，不过海凤姨妈鼓鼓的乳房和缓缓飘绕的丝带还是能够映出街道尽头天边的白光。海凤姨妈没有看我，这时我听出她实际上是在调弦，这确实需要聚精会神的工作使她没有像我小时候那样给我温暖的拥抱我不抱怨。我妈妈也没有抬头，嘴里嘀咕着：明年再回来吧，我会把那个本子寄给你的。我哂笑着边抖边打她们身旁走过，远处一棵棵逆着白光的黑树就像在池塘边喝水，安静得像一头头牛。

　　但是这条街竟然也被一层看不见的、纯感觉的、并且也是不规则的穹顶覆盖着，使之在严格意义上仍旧是一条隧道，但倘若你不这么意识，那它仍旧是一条露天的、歪七歪八的街。也就是说，上空笼罩着一层薄得接近于无的软膜，使天光显得特别冷亮、而街上的房子和树特别地黑。我不能保证上空的这层软膜是否随着我的走动而有所起伏和滑动。那排二层楼的尖角房子和几棵叶子不多的树所形成的剪影我特别熟悉，我外公曾经抱着我在这里买过油饼，我总是在这里闻到冷油饼的香味。随着市镇逐渐消失原先的主街逐渐降格成分割两边广阔麦田的大道，稀疏的白桦树挺立在大道两旁，不再有房子，更没有人，麦田在两边一直延伸到天边，不停抖动的光线摇曳着麦地的上空，使所有的麦子迅速成熟变得脆硬，出汗的皮肤碰到它们必定又痛又痒。

但是不久之后，我不可阻止地发现，路面在逐渐地下降并且越降越低，我在远处看在灰黄色的麦地中间逐渐降落的我，感觉就像一幅库尔贝的画。但是我又仿佛看见我戴着草帽歪着身体走，好像右边肩膀背着种子袋，整个重心都垂向边走边撒种的右手上。那些白桦树被以往的太阳晒枯了枝叶，只有主干固执地准备站到最后一刻。大道还在不可挽回地往低处延伸，但是一直走下去的这种舒服的感觉，严格地说使走着的人并不能察觉这种逐渐低垂的角度。完全潜入地下之后，我就不再知道我究竟走了几天几夜了，仿佛有些明显的信物提醒着我这里行使着另外一套我不能掌握的计时方法，我只能凭我在地面上生活多年的经验衡量我至少步行了一天一夜其实绝对不止但我只能保守估计似乎这样应该对我有利。不过我并不累，究其原因我猜想当我潜入地下之后我无师自通地获得了一种或几种新的行走方法。有一阵子我甚至记得我盘腿端坐静止不动时整个身体还是微微悬空地向前移动，但是后来我这样悬空都悬腻了，而且匀速的移动极具催眠功能，我很快就睡得像块豆腐，尽管睡着之后我仍然知道我在移动。

我醒来时是坐着，坐在床边上，是木头床，而且我觉得我并没有睡觉，我的清醒并不突然而是前面很久的延续，王媛媛拿她水汪汪的大眼瞅着我，我也微笑地看着她，她穿着苹果绿色的开衫，翡翠色的纽扣又圆又大，反衬得她更加腼腆，腼腆但不扭捏，所以她还是看着我；虽然我在床沿坐着，但我还是准确地判断出她保持着十二岁正常的身高，这一点使我暗自宽心，说实话我特别担心跟我有关的孩子长得超出他们该有的高度。这个国度这个时代，毒药都在宣称是营养的东西里，唉，防不胜防呐。她告诉我她来上海已经七个月了，七个月，也就是去年九月份开学的时候来的，她一个人租了这间房子，她这么说的时候，我打量着撑着屋顶的圆木椽子，左边床头的窗子打开着，窗外是延展得很远很远、并且是越远越高、被薄雾萦绕着的坡田，最高处后面，就是傍晚灰蓝色的天空，田里是一粒粒均匀密布的土坷垃，在土坷垃底下，挤得紧紧的庄稼们一定很开心。我意识到这所房子地势很高，应该是在低缓的山坡上，而窗外的田是山坡的更高处。也就是说，这所房子肯定比当初我遇见我妈妈的街道高，更比八佰伴高这是没说的。说到这里我必须强调一下农民的房子就是空气好，或者应该说农民的房子所在的山坡空气真好，为此，我现在心胸很开阔，虽然我没说出来但是我心里真的很高兴，为媛媛，也为我自己，甚至也为这整个山庄所有的农家，在这个远离城市的高处，别说人，就连田里的虫子也是一家子。我左右摇晃了一下，把原本就压在两侧屁股下面的双手重新压得麻酥酥的。"上海人还好，没有想象的欺负人。"媛媛安静的口气里总带着一丝羞涩，但总体上她就像她脖子下面宽大的衣领那样大方，她两只手伸上来向两边抹顺我的头发，最后轻轻捏着我的发梢继续说："他们没让我降级，去年我直接升了六年级。"我说那是因为你成绩好，她不禁又害羞地低下眼睛咬嘴唇，我顺着她的视线看见她垂在衣角的双手摆弄着红领巾的尖角，这使我很快地转了一下头，重新看窗外田里一条条伸向远处的田阡，这一条条笔直的低洼埋藏着肥沃的希望，在她抬起头时我转回来听她继续说话，她告诉我她爸爸妈妈爷爷奶奶都还留在潍坊，她住到这里之后他们并没来看过她，突然我想起早就该问的问题："你一个人在这里怎么生活呢？""这你就放心吧，"她转过身去拾掇着桌子上的书和作业本，然后把桌角的一只陶瓷茶杯向桌子中间挪了挪，用纯粹是大人的口气继续说："我一边上学还一边做很多事，我现在已经存了很多钱了，"她转过来看着我，骄傲的笑容无法掩饰："而且我马上还有一个活可以挣更多的钱，以后我可以一直养活你，你根本不用担心。"

2009/12/1-12/9

太湖蛇

整个岛并没有因为雨已经把夏天下得像冬天一样冷而警觉。甚

至已经记不清这雨已经下了几天几夜。不记得开始，也看不出结束，
每一刻都处在雨的中间。雨不仅始终持续，而且一直这么大一直是
暴雨。长时间相同的频率使人神经松软，恍惚麻木，偶尔睁大着的
眼仿佛不是在看雨，而是穿过雨幕，停在雨后面的空中。那里仍旧
是雨。寒冷并没有使人穿上厚衣，他们仍旧身处八月，在八月瑟瑟
发抖。那些因谨小慎微不合时宜穿上秋衣的人，才发现是多么舒服
多么恰当，在这反常的寒冷中，骨肉在厚软的棉料里滑动所生出的
奇妙的温爽，外人难以体会。树和房子都因为长久的浸泡而瘫软，
整个岛比以前矮了很多。在空中看，岛变小了。湖水抬高了湖岸线
淹没了堤岸，吞蚀着原本属于岛屿的土石。但是又不能不说，整个
岛因为瘫软而变大了。既像是湖淹没了整个岛，又像是岛平摊在整

个湖面，变得和整个湖一样大。岛和湖已融为一体。水翻滚着湖，也翻滚着岛，波涛使岛和湖一起翻腾。一天的每时每刻都黑得像傍晚。夜晚更黑。但是即便在夜里，雨点仍旧明亮。明亮的雨线在黑色的山前闪烁，使后面的山、树摇晃。聆听近旁的雨声，能听出它箭镞般的愤怒。但是再往远处听往高处听，雨声又仿佛变得绵柔，像是一层薄海绵笼罩在上空。但除此之外，除了这浩大的绵软的雨声之外，什么也不能再听见。没有汽车轮胎扯离湿地的声音，也没有湖上模糊的汽笛声。晚课的钟声也被封闭在寺院的方寸之地。树和房子都被浸黑，枝叶好像在水里浸泡了很多年，生死不明。雨和湖水已经溺毙了众多本不该活过这个夏天的活物。持续的暴雨给岛做着深达内里的清洗。岛因此变得更加简洁，萧索。

夜里的每一刻都像深夜。所有道路阒寂无人，只有一阵阵突然被狂风扫落的更密集的雨。橙色的路灯不知为谁而明，在飘摇的树影下只照亮它自己的那个圈。漫无目的的飘荡在接近岸边时被骇人的涛声阻止，这混乱的排响使你瞬间感到浪涛的暴怒不仅来自表面水与水的撞击，它的底下，湖的内部，整个湖的体腔，都在轰鸣。暴怒模糊了湖和海的区别。深黑的湖铺满四周，没有一面能够看到边界。巨浪无理粗暴，所有的疑问都只能自己消化。湖上除了滔天大水空无一物，所有的船只、木板提前懂事地躲避，更不要说蚯蚓和草芥。它们撞击着石岸，并不因为石头的坚硬生出丝毫的畏惧。它们又无师自通地退回去，把曾经的自己撞碎。层层惊涛无序地相撞，没有一层水可以左右自己的安宁。在这愤怒的翻滚中，没有什么东西是微小的。所有的小东西都求救无门。就连最熟水性的巨蟒也被怒涛从湖底搅起，粗壮的身体被浪涛摇来摆去不由它自己做主。浪涛在它多次嘶鸣呼救时灌进它的喉咙，它的身体越发臃肿沉重。它每次意欲靠岸的念头都被回浪打退。它在被浪涛翻滚离岸越来越远再也看不见石头的时候突然看见一条与它的身体类似的硬物。那是919米的三号长桥。巨蟒急切地向它游去，但显然它只剩下头和脖子可以使力，不断改变方向的浪涛也使它心愿难遂。有一阵它的身体被浪翻腾得与长桥平行，它看见自己的身体就像连接岛与内陆的另一座长桥。突然又是一阵激浪，它被高高抛到空中很久之后又重新落下时，竟然使它第一次离长桥如此之近，与此同时它看见了波涛打上桥面又滚滚落回湖体。在它怀抱希望的同时它看见一辆越野车射着它坚硬的灯光正在大桥上向岛飞奔。车上的人，驾车狂奔的人，他在内陆与远道而来的情人生活了五天，现在，他回家来了。他是唯一一个在这个倾盆大雨之夜奔回岛上的人。故乡的陷落，并没有阻止他似箭的归心。面对接二连三打上桥面的浪涛，他只求快速通过长桥。急切和惊恐使他不可能朝前方之外的任何方向张望。由此他错过了一次最重要的救赎。在新的浪潮中，巨蟒重新被打入水底，它在水中遥望那两束颤抖的与雨抗争的车灯和被仪表盘光照亮的他的脸。在逐渐的下沉中，它意识到除了浪涛的翻滚，它的腾跃尖叫对长桥上的他来说也完全是永劫不复的惊惧，由此它放弃了最后一搏。它的眼睛随着波涛的翻滚而荡漾，它最后张开的嘴巴像婴儿一样肥厚。

2015/8/17

对伟大偶然而要命的限制

·

他决定来一次。其实每次 K 歌他一般都会来这么一两次。但是
需要他这么来一次的歌毕竟不多，而一起 K 歌的人一半以上都是了
解他的风格的，都领教过他对那几首歌的表演，所以今天是否要再来
一次，他需要决定一番。现在，很明显，他决定来一次；对于今天的
欢乐的顶点，他再次感到责无旁贷：人虽然不少，但期期艾艾忧伤
缠绵而且大部分都是老歌，太温情，相反，今天应该高兴，不容易
女孩子凑到这么齐（竟然有七、八个之多！），尤其是妮子和佟娟娟
专门从杭州赶来，应该、也必须有个高潮时刻。当电视屏幕一片黑暗、
大家都按捺兴奋等着新歌出现的时刻，突然与歌名字幕同时扯出一
句压抑着的高音"死了——都要爱——"，昏暗中一片欢呼："猴子！
猴子！……"几只话筒也同时向他递来，金属环圈映现着 MTV 的火
光，闪闪发亮。

在这声濒临撕裂的高音扯起来的时候，他正靠着佟娟娟坐在最外面的沙发上，一是因为翘着二郎腿，二是为了伸手去掐掉才抽了不到一半的烟而身体前倾，而头呢，正吃力地扭过来看屏幕，所以整个身体就像一头豹，既扭曲又充满遒劲；而屏幕上影像跳动的颜色在他眼镜片上闪烁得特别明亮，仿佛在小小的镜片世界里，MTV 的影像更加精彩，也更加激烈，更加不容错过。他抖动手腕掐灭香烟，顾不得烟灰火星在烟缸附近四溅，同时伸手去接话筒，伸出一半发现那支离得较远，立即转手伸向并终于握住离他最近的这支话筒，然后腾地一声站起来，"嗯、嗯"，用力清了清嗓子，同时双手还夹在腰间迅速地提了一下；出于对他即将的付出的理解，他这么做一点都不过分，决非那种为了吸引别人注意而刻意的装腔作势哗众取宠。

　　沙发上嘤嗡涌动，非常明显：真正的高潮远未到来还只是刚刚启动，大家已经沉浸在一片兴奋之中。虽然也许没有一个人会在理性上分析气氛的节奏、助兴的必要，但"猴子+《死了都要爱》"的上场正中下怀恰倒好处，这真让人欣慰。Jody 正襟危坐盯着屏幕，双手轻轻握在胸前，脑袋应和着节奏左右摇晃，黑黑的眼睛泪光点点，就像娱乐节目中常见的小扇；小昕收拾着桌前的杂物，不需要看屏幕就能跟着 MTV 里的声音一起唱和，但是并不能听见她的声音，也许她只是无声地张启嘴唇，不过那样更加迷人。就连不太说话、也不唱歌的井回和阿黄也都增加了身体活动的幅度，不像刚才靠在沙发背上等着睡觉；不抽烟的他们甚至都点上一支烟，嘴角挂着抑制不住的笑，眼神则充满期待。

猴子比想象中安静，或者说，更宝贵的是雍容；仅仅是安静并不难，难的是雍容，这就是台风，虽然连个歌手也不是，但台风却宛如大牌，实属难得。在前奏的等待中，他持话筒的手既非垂向地面，以假冒的松弛暴露紧张，也不是贴在胸前过早地做着准备，更不是双手将话筒抱在胸前作谦谦君子状，而是悠闲地与自己保持一个非常恰当的距离以及稍稍朝外的方向悬在半空，处于一个推拉皆宜的位置；这一点（话筒的位置）非常重要，没有老练的经验和沉稳的心态是不可能做到的。自然、沉稳并无规则，但必须就是那个致命的一点；一旦你不自然不沉稳，那你怎么做都不再可能自然沉稳。随着前奏的嘶鸣缓慢推移，猴子开始用没握话筒的左手脱下原本就敞开着的外套，最终把它轻轻摔在佟娟娟旁的沙发上。脱得既不急也不刻意慢，简言之还是两个字：雍容。前奏接近结束，底下的嘤嗡声自动消失，突然降临的安静让所有人都更加肃然起敬，在前奏最后一两个字的推移之中，他准确而缓慢地将话筒抬上、并向嘴唇靠近，同时微微仰起头，闭起眼，一个简短的休止后，"把每天，当成末日来相爱……"直到整句唱完，大家才恍然大悟、确信这是猴子所唱而非原唱，欢呼和鼓掌蜂拥而至，然而猴子只是闭着眼睛歪斜着微微点头，唇齿和表情没有丝毫脱离歌曲，"一分一秒，都美到泪水掉下来"……非常明显：每个音节、每个唱腔、每个字词都咬得一丝不苟、精确无比，就连原唱中该卷舌而没卷舌的字，猴子也同样没有卷舌；在这里，模仿获得了最高的境界，倘若猴子在隔壁为我们演唱，我们决不会相信这是苏见信之外的人所唱。那么我们在此不得不同时感激一下"钱柜"的话筒和音响设备，没有器材的配合，如此的逼真也是难以想象的。现在所有人都凝神聆听，一半以上的人都张启嘴唇但都不发声，所有人都与猴子灵肉合一，凝聚它们的正是这首逐字逐句往下延展的《死了都要爱》。当前面平静酝酿阶段的小高潮"爱，不用刻意安排"的"爱"字一唱完，众人不得不再次点头赞叹；这个字的音委实需要技巧；Jody 和菲儿不禁轻轻鼓掌。

不可阻挡而又如愿所至地，高潮终于来了！"许多奇迹，我们相信，……"猴子微微弯下上身，然后逐渐上扬："……才会存在——"接着，毫不犹豫而又准备充足地爆发："死了——都要爱——"没错，猴子不再"雍容"，因为现在就不需要雍容，现在需要的就是爆发，为了同时表达出情绪的淋漓尽致、音调的准确无误，此刻他必须紧闭双眼、仰头高歌、用力摆动，而连续不断的超高音使他嘴唇歪咧、脖子两边的粗筋突暴，每次起始都需要足够的气力而我们知道短暂的间隙没有足够的时间让人运气，以至于他不能不每次都要迅速弯腰然后猛地抬起才能准确而到位地喷出下面一个音节。每个细节都让人担心，然而他每句演唱都让人大松一口气直至感到享受！实际上猴子尖细的高音在放任施展时与苏见信的音质极其相似。随着"不"的用力发音，灯光照亮了他喷向话筒的多得出乎意料的唾沫，甚至整个身体都被他自己的声音震得不能控制地颤抖、歪斜、失衡，而随即继续扭曲的高音使他的表情痛苦而，而应该说是丑陋：嘴唇歪咧乃至露出参差不齐的黑牙；再者，如此的用力所致的血脉贲张，难道不会使他脸颊上那颗肿大红亮的痘痘更加发炎吗？但是他全然不顾这一切，直至在表面紧张实质上仍旧显得悠然地把大家送到这首歌第一小节最后的安全地带："心——还——在——"在他声音的延续中，真诚的、绝对发自内心的欢呼和赞叹潮水般涌来，这不是含糊的起哄，在混杂的声音中完全可以听到"太牛了！""绝对像！""不容易！"的短促点评。在迅疾退去的潮水中，大家才有余力回想刚才的猴子同样是雍容，是另一种雍容，一种更高级的雍容，因为它爆发而不失态，用力而不虚夸，紧张而不崩溃，在如此的控制之下所有的旋律、节奏、唱腔还是表现得如此之好、如此之像仍旧如此地与原唱难以分辨，我们只能承认，猴子自己说得不错："我是天生的歌手。"

　　李方看过猴子类似的表演不下十次，然而今天是第一次如此认真地观看他的演唱，不，也不是第一次，而应该说是第一次如此认真地观看并确实深深为之感动。真的非常感动。他的感动在于猴子的表演让他在人声鼎沸中突然明白了一个重要的道理，实际上，并不是猴子今天的表演才应该让他、让所有人明白，因为猴子每次这样的表演都说明着这个道理，只是他自己到今天才有机会和能力明白而已——这份自责也促进了他感动的力度。当然，这个道理应该说是非常简单的——但道理并不因为简单而失去力量。他突然明白：

人在努力做好一件事的过程中的表情和动态往往是"丑陋"的，然而只有不可能顾及过程中的表情和动态时，他才有可能把事做好。也就是说，一个人真正为了把一件事做好的时候，根本顾不上心不在此的人顾及的那些杂碎琐细。或者再反过来说：一个人为了把一件事做好的同时而不惜牺牲常理以为重要的仪容、表情甚至尊严，是令人尊敬的。朱丽叶·比诺什不可能在表演角色痛哭时考虑脸部表情是否丑陋、是否会导致观众因此不再喜欢她而把哭表演得好看些。海明威不可能考虑写作时站的姿势是否英姿飒爽。九方皋只顾遴选良马而忘记其牡牝颜色，也是这个理。然而李方做厨师的哥哥李平又曾经说过这样的话："你只要看一个厨师炒菜的动作是否好看，你就能知道这个厨师的技术的优劣。"李方此刻还记得李平当时补充道："菜炒得好的厨师，动作绝对漂亮！"那么正如现在他看到的猴子一样：他所有的动作都无比漂亮。

再追究下去，他突然发现自己的感动不仅在此，不仅在于他仅仅明白了一个道理，更重要而且更宽泛的是：他发现了"朋友"的重要意义；当然也不是说他前面三十年从来没有发现过朋友的意义，而是他再次、或者说更为致命地发现了朋友的意义。朋友，朋友的存在，其存在本身就足以给自身不断的启发；不需要他灌输、阐释什么道理，而是他的存在本身就是道理，就是启发。正因为这些具有启发意义的朋友同住一个屋檐下，与自己朝夕相处，才构成了成长中关键的提速。曾经的经验和他此刻心里的感受都告诉他：当一个人真正感到朋友的意义时，他开始进入老年。这个结论同样给他宽慰，这似乎是他数十年来的期盼。

然而真正的结局是：恰恰是这种自身的存在就具备启发意义的朋友，必然地会走出这个屋檐，甚至从此天各一方。仅仅是半年之后，猴子就向李方告别，为了更好的生计，也为了更自由的生活，他接受了一个北京导演朋友的召唤，去摄制组做临时演员。这么一去已经两年半；李方身边也再没有出现过 K 歌时惊天地泣鬼神的朋友。

2008/4/30

两只空气同时落球

这是帕斯卡（Blaise Pascal）的朋友森格兰先生（M.Singlin）1657
年 4 月的一篇日记，由于记得详细，我读后觉得就是一篇小说，因此
仅对几个必需的地方稍作修改，直接移用如下。森格兰先生是波罗雅
尔修道院的神父，但当时因为宗教斗争，波罗雅尔修道院内的神职人
员一反常规，不称神父，彼此只称先生，以示平等；他曾多次对帕斯
卡作过精神指导，以使后者获得身体和精神两方面的安宁。感谢在巴
黎高等国家音乐舞蹈学院修学的王晔小姐此前将这些日记译成中文，
她特有的机敏和深藏不露的严谨使我对她的艺术充满信任。

几分钟前，我看过一次阳台和房间之间的落地窗帘，我隐约觉得
它的颜色有一点变化，隐约觉得它底下的地板有一点发亮；但这个
发现是现在才能肯定的，因为当时根本没有专注这件事，我只是出

于思考的需要，习惯性地把视线移开桌子，使目光随意地落在那里，其实是幻想看到别的东西唤起新的思路。现在，非常明显的灰蓝色映透布帘，一下子就使我想起实际上刚才我已经看见了晨色。

"怎么又亮了……"帕斯卡已经顺着我的视线看去，同时喃喃着。

他这么说我觉得很好笑，"为什么说'又'呢？"

"是哦，"他一边回头向我害羞地呵呵一笑，一边向窗帘走去，"哗、哗"两下朝两边拉开窗帘，"我老是有个错觉，以为我们已经连续几天几夜没睡了。"

洞穿的外景出乎意料地没有让我吃上一惊：比起刚才在窗帘里对天色的预料，天空并不很亮，甚至可以说天并没有完全亮，早晨或黎明最多只是刚刚开始，天色也是灰远远大于蓝，我再仔细看去，原来有雾。

"而且还有，"他已经站在阳台上，"早晨的亮光总是让我恐惧。非常恐惧。"

我点着头表示理解，但心里也不知道就这一点该如何帮他。窗外清冷的空气扑面而至，让我发现原先室内弥漫着那种暖烘烘的浑浊。

"雾不小，"我说完的同时发现帕斯卡跟我一模一样地说了这句。他的声音明显比我的低、粗，就像发育变声时没有变好。我趿着拖鞋，也往阳台上走。不过，说实话我并不急着去阳台看看。昏暗之下估计也看不到什么。其次我也并不那么需要新鲜空气。相反，我不希望停止刚才的工作；为了这个愿望最好是喝令帕斯卡也停在房间里保持原样。但我不仅有所迟疑，而且违逆自己的本意而行。

阳台上完全是偏冷的色调：烛光在这里已经很微弱。帕斯卡两手伏在那扇开着的窗台上，吹拂他额发的风也使他微眯着眼。我走到圆弧的顶头，如果我想舒服地伏在窗台上，最好也打开临近的这扇窗，不过这种时候，我是指凌晨时分，不管是别人还是我自己弄出的太大的动静，我都不喜欢。

雾气覆盖着那些矮楼的屋顶，四下滴答有声，但也不密集，很久才传出一两滴。一阵阵坚韧振扑的声音，像一群旋转的陀螺由远及近然后又飞快地离去，在这些反应之后才看见一群灰鸽子突然飞近阳台，绕了一个圈又迅速消失在雾气里。但既然吸引了我的目光，仔细搜寻，也仍旧能够偶尔看见它们盘旋的身影。它们急切，但厚重的雾气和它们轻巧的飞腾使它们显得又很悠闲，时而灵敏的旋转或躲闪又让人感到它们小心翼翼、防备一切，仿佛在人大面积起床之前，它们需要尽快在空中播撒完它们拂晓前的秘密。也许它们原本是白色，谁知道呢，这厚重的雾。

"星星到底为什么会闪呢？"

"哪里有星？"他吃惊的样子让人忍俊不禁。与衣服、窗台不同，他肥厚的左脸却很饱满地反射着房间的烛光。

"没有啦，"我笑笑，"我就随便问问。当然我也知道……"我看见他想说话就停下来，但他随即闭上了嘴，并点着头让我继续说，于是我说："我也不是不知道已经有了很多答案。我就是随便问问。

随便地又想起这个问题。"

　　我转过头，发现前面的屋顶比刚才又清晰了一些：所谓黎明的光线总是不为人知地给人惊奇，我不以为然。我觉得静候它的变化、包括日出时的太阳的弹跳，是多么无聊啊。人总是想着法子让自己看到生命中的惊喜。我们到底想忘记什么呢？忘记我们生而为人？两只鸽子蹲在屋脊上，一动不动，由于逆光，它们的颜色与屋脊、瓦楞类似，像是屋脊上本来就有的装饰。

　　"我知道你在想什么。"我没有回头看他，听声音感觉他有点得意。我对着窗子叹了口气。其实我也没想什么。或者说，我可能想到的事情，只不过又是一次没有结果的讨论罢了，尽管不能因此就说：讨论是没有乐趣的。现在我倒是在想另一件事：就比如说吧，我们至今所讨论的无数问题，你看，不管它们有没有结果，实际上都只属于我们事先感到我们有能力讨论的问题，也就是说，我们对一些问题的讨论显得精力充沛兴致盎然，实际上只是因为我们早就放弃了我们感到自己没有能力讨论的那些问题。想到这个地步，是不是很无趣了。实际上我并不允许自己这样；至少不经常这样。

　　"你有没有觉得，"这时他已站直，只留右手搭在窗台上，头也不侧向窗外，而直接面对着我，"你有没有觉得，我的兴趣不够专一？也就是说，你会不会认为，如果我把精力扑在同一件事上，是不是成绩会更大些？"我在他说话时轻轻点着头，但是我知道他看得出来我只是表示理解他的话，而不是对他的提问给出答案。"有时我自己真的这么想，特别是我觉得我完全应该沿着重力的实验继续很多与此相关的研究。"

"比如呢？"

"咳，我也只是胡思乱想，也没有什么明确的想法。"他迅速地摇摇头："其实任何对过去的假设真的太没意义了。很可笑是吧？"

"可笑也谈不上啦。"我的言外之意是，谁没作过这些无用的假设呢。我想了想决定还是说出来；不过我实在不想使接下来我的话显得那么重要，因为明显地，这必定又是一个至少在今天早晨不能有结果的讨论，所以我没有面对他，而仍旧看着窗外，至少这样声音传到他那里会显得轻柔一点，"人，真的如此渺小吗。抛开彼此的分歧、错误不谈，我们应该承认整个人类迄今为止的努力的总和，至少对人本身来说，应该是极其浩大的吧，可是不要说其中某个再伟大的人物的思想，即便所有人的所有思想加在一起，又撼动了什么呢？说实在的，有时候我非常盼望亲身经历一场大浩劫，当然人类历史上任何一场灾难在这种浩劫面前连一个零头都算不上，是那种宇宙抛给我们的浩劫，……我特别想亲身经历这样的浩劫。如果这样，我就能亲身地感受，人，到底算什么，人所有的努力，到底起到了什么意义。可是这样的浩劫我们都知道它的存在，能亲身经历的人却从来不曾有过，也就是说，不仅力量，即便在时间的意义上，人也是这么的微不足道，几万年，几十几百万年，宇宙毫不在意。"

我苦笑着转过身，他锁眉凝神陷入沉思的局面倒并非我所愿，我依着栏杆往回走两步，向他靠近了一些，"也用不着去想啦，"我说，"我说这些，不是为了我们继续对这些问题去思考什么。"

"我知道我知道，"他嗫嚅着，"我现在也不只是想你说的这些。"

"但肯定还是由这些扩散开去的吧。"

他伸手用力绕着圈抚摩脸，然后抬起头，习惯性地勾起小手指把耳廓上面的鬓发往后捋，这时我们的视线相遇，不禁会心无奈地一笑。顺着笑意他恳求道："你不要老是这么担心我好不好，你这样……"

"没有，"我断然否决，"面对你我从来没有谨小慎微。"

他呵呵笑着，颧骨上的肉向上挤到一起，却并没有挤小他玻璃珠似的眼睛。他伸出右手，摆了两下："继续，继续。"

"其实没什么好继续的，"我说，"但就这么一会儿工夫，我发现我刚才说的话可能有个错误。"我停下来，一方面等他的反应，一方面我自己还需要再思考一下。

"什么？"

"我们想想看，人所有的努力，果真能加在一起吗？"

"具体说说。"

"从你们物理的角度来说，人所有的努力，并没有加在一起，而有可能互相抵消了。虽然大家都在思想，都在行动，但力并不朝同一个方向，拽腿的手永远多过腿。人以反对他人、质疑他人而证明自己的存在。而且人视这样的反对和质疑为进步。我们难道不永生永世地生活在敌人包围之中吗？我们实在是为敌人而生的。这也实在不单单是只有今天、只有我们才有的处境。一支箭只要想射出去，就必然引来阻力。正如亮出一个思想，也必然就有反对和争论，最后结果使它能起作用的时候，常常已经错过了它最起作用的时机。因此无论是同一时空、还是把自古以来所有人的努力加在一起，所得到的一个数值有可能是零，最多也比零大不了多少。这样的力量又如何与宇宙的浩劫去抗衡呢？"

"有意思。继续呢。"

"人是不可教化的，也是无法积累的。人类的进步是人在自我努力过程中的幻觉。人生唯一的乐趣和意义似乎只能是思考的过程中所具有的幻觉。"

"看来你比我还要悲观。"

"这倒也未必。"我如实地说出我刚刚升起的感受："不知道为什么，我说这些的时候，似乎感到这一切跟我没什么关系。我在说'人'、'人类'，似乎不包括我自己。"我被自己最后这句话所惊慑，久久不能言语，显然他也有所震惊，拿手蹭着鼻子，看都不敢看我。最后我感到我不如把最大的担心说出来："我觉得我有这样的感觉是有罪的。我在假冒上帝谈论一切。"

"嗨！"我知道他要安慰我，"不至于那么严重吧！"

我向阳台圆弧顶头转过身去，巨大的紧张迫使我尽快岔开话题，我想了一下，说："对了，你上次给我看的笔记，我觉得说蒙田说得太多了……"

"啊，哈哈！"他笑着往房间走去。

"真的，"我说，"虽然说，我们有时需要把一两个人看透、说透，但你那里面太多了些，也太直接了一点，我的意思是没有必要，你理解吗？就我的感觉，蒙田也有好辩的缺点，很多时候也是没话找话说。你没有必要在你的笔记里那么直接、那么频繁地和他发生联系，你理解吗？"

"当然理解。"他端了两杯山楂茶回来，将其中一杯递给我，"你别怪我事后补话：实际上我已经意识到这个问题了。最近记录的那些已经很好地均衡这个问题。"他停了一下，继续说："其实我刚才问的那个问题也与此相关，有时候我真的觉得我的兴趣不应该这么广……"

"这倒也……"

"其实也没有很广，我的意思是我在每件事上花的精力都一样大。我没法分出主次和轻重。一旦感到有个问题是我需要去解决的，那我就会过于潜心。这难道不会成为一生中最主要的问题吗？"

"不会的，我想。"我肯定地说，"究竟什么会成为问题，什么不是问题，我们还真说不准，不是吗？我们只可能面对眼下去做就是了……"

"像你这样，连笔录都不记的人，还有杜阿梅尔先生，我有时还真羡慕你们这种述而不著的做派。"

我连连摇头："完全胡扯。这有什么好坏？谁比谁更有意义？……

你到我这个年纪的时候，专注点会有所收缩的。"

　　他转过头，重新看窗外。现在天更亮了，但好像雾也更大了，阳台前听政厅的圆屋顶也只朦胧可见。"跟你在一起的时候，我才对这方面的事想得多一些。平时我管不着……"他向后仰靠，喉咙里发出一声打嗝似的"呃"，肩膀和头在窗框上撞出咚咚两声响，随后他膝盖一弯，屁股也撞在阳台扶栏上，他端着茶盅的左手立即向后撑，随即听到一块木板"喀吧"断裂，这时我才意识到他是摔倒了！在我奔向他的同时木板继续发着支撑不住断裂的声音以及他手在木板上乱划的声音，在我已经靠近他的时候他可能为了去抓什么手一甩摔出了茶盅，撞碎了旁边被褥柜上的长镜，我立即用脚在碎镜片堆里扫出一块立足之地，同时用膝盖抵着他继续下滑的身体，一边凑近他耳边叫他，但他的头非常明显地歪斜着，对我的叫唤毫无反应，我两手紧紧地抠进他两个胳肢窝把他往上提，同时扬头朝房门外大声叫道："皮奈尔！皮奈尔！皮奈尔！"隔壁房间慌乱而模糊的动静使我稍感安慰；我迅速抬手把我的茶盅放在窗台上，然后又快速回来抱紧他，我俯下身，他的头一直耷拉着，我蹲下来，使他的背靠在我的膝盖上，但明显感到他的身体是软的，这时门被推开，皮奈尔的头伸了进来，"快！"她跳着向阳台上奔来，一手揪着披在肩上的衣服。她刚准备蹲下来突然又站起来转身："我去拿薄荷膏。"她走后我试图一个人把他抱起，但脚底下的碎镜片让我觉得还是等她回来更好。我伸手摸一下他的额头，但说实话我也感觉不到什么，既不觉得发烧，也不觉得冷，他脸上的油汗，平时就有，现在也不明显加重。皮奈尔在他的鼻孔下面、脑门和太阳穴都涂了薄荷膏，然后把薄荷膏盒子放在他鼻孔底下，我从他背后用眼神询问皮奈尔，她抬头望着我，又急又慌地摇着头。我重新用力抬他，一边说："先把他抬到躺椅上。"

"要叫吉法尔先生吗？"

"当然！"在我说的同时，她就压低着声音叫拉韦，那孩子原来一直呆在门口，听见叫唤立即点头："我去！"

我拿了一个鹅绒垫子垫在他背后，随后去解他胸口的扣子，这时他突然有了声音："不要紧，不要紧……"我仔细看去，确实有些变化，虽然眼睛还闭着，但现在他嘴里喘着粗气，我问："你怎么样？"他没回答，只自顾着喘粗气，然后头顶着扶手吃力地向上昂，我把手伸进他的背下，把他身体往下移，使他整个身体都平躺在躺椅上，又把鹅绒垫子移到他后脑勺下面。他还是在喘粗气，同时身体轻微地颤抖。我蹲着，紧盯他的脸以注意各种变化，我轻声地问："你到底怎么样？"他慢慢地摇了摇头，——这是什么意思呢？是"不要紧"？还是"不舒服"？随即他一口粗气喘出来之后颤抖地带出两个字："没……事。"但同时他嘴角抽动，闭着的眼皮也在抖动，不久，一行眼泪顺着眼角滚落而下。皮奈尔立即递给我手帕，我把手帕按在他眼泪流过的太阳穴上。他抖动着，轻声地、压抑着在哭。我用手从上至下安抚他的胸口，轻轻安慰他："没事，没事。"突

208

然他重重地呼出比刚才还粗的气，同时整个身体、连同手脚伸得笔直，直挺挺地，颤抖，呼吸随着颤抖而颤动，他的嘴也圈成"O"型，方便粗气的进出，连续几下之后，他松缓下来，呼吸正常起来，身体也不抖了，我和皮奈尔一直蹲在旁边，大气不敢出；这时他睁开了眼睛，看看我，又看看皮奈尔，然后竟像个小女孩子似的嘴角一扬，露出一个害羞的苦笑。

"现在感觉怎么样？"皮奈尔终于比刚才任何时候都大声一点地问。

他继续苦笑着摇头："没事了。"说着又呼出一口粗气，"没事了。"

皮奈尔起身去桌前看了一下水壶，然后转身向客厅走去。现在帕斯卡脸色安详，平静地躺着，眼睛看着阳台的方向，也有可能是看着我。"现在真的一点问题都没有了？"我认真地问，他抿嘴露出微笑，摇了摇头："没问题了。"随后又确定地说："肯定还是太乏了，等会儿好好睡上一觉，就应该完全没事了。"听他这么说，我感到宽慰。他又说："你也回去睡吧。""我需要知道至少在我不来的这三天内，你确实没事。""放心吧。我有把握。如果真有什么事，我让拉韦去叫你。"皮奈尔端着一个小玻璃茶壶进来，我问："这是什么？""蜂蜜茶。吉法尔先生说它对布莱斯的头脑有好处。"

我继续在他身边蹲了很久，说实话右腿确实又冷又麻，但我一直僵硬地扛着，似乎这样的支撑能够让我感到我们沉默在心的祈祷更有力量。我轻轻地在他鼓鼓的肚皮上拍了拍："记得继续减肥啊。"

他羞愧地笑着，头微微地向椅背里面歪过去。我和他们告别，关照了皮奈尔几句，走出门外。皮奈尔追出来叫我，我转过身等了很久，她才艰难地恳求道："先生，下次别和布莱斯熬一整个通宵了。行吗？"

我难过地点着头："我向你保证，皮奈尔夫人。代我向吉法尔先生问好。"

我回来躺下后却很久都睡不着。辗转反侧了好几个小时，脑壳胀得要命，非常痛苦。一直大概到中午，我发现自己是饿了，就起来吃了一块面包，又喝了杯热牛奶，这才能安心睡着。醒来时我发现天还是亮着的，我判断这仍是今天，因为我有把握我没睡了整个下午再加一整夜；也就是说，我只睡了几个小时，但头脑却很清醒，精神也很好，而且不想再睡了。于是我起床，用冷水漱洗，从盥洗间的窗口朝外看，我确证了现在是傍晚时分，黄黄的夕阳把植物的叶片、窗玻璃照得亮闪闪的。珀勒夫人正坐在香樟树下的椅子上，她的两个孩子在草地上玩彩色皮球。

天气很好，尽管夜幕即将降临，但一切还是这么亮丽。不过气温很低。我冬天的衣服到现在一件未减，保持原样。我在大拱门口碰到沙西，他先是问我要不要马车，我说不用，随后闲聊了几句，他告诉我为了消除误会，尼柯尔再次印发了阿尔诺关于谴责穆瓦栽赃行径的说明。我从草坪中央的小径向大门走，为了避免跟珀勒夫人寒暄，我一直走到树林遮挡处才转头看，发现她旁边的椅子上还坐着佩丽叶小姐。刚才在窗子里没看见。

　　我从圣米歇尔门外的三角田间的小路去切斯奈小学校。路比田高出很多，晚风吹来，低矮的麦子成群摇晃，发出轻微的沙啦沙啦的声音，这声音响过一阵，突然久久宁静，它们也一直歪着不动，仿佛在等待着什么。整个麦浪的颜色也忽黄忽绿，仿佛有人在它们的根部扭转它们，形成一个个此起彼伏的旋涡。隆庄大道把这片广阔的麦田分割成两半，那边的田更低，不过它们比市镇还高些。奶牛场的白房子掩藏在绿树丛中，但被余晖照得很亮。整个田野色彩明丽，连最顶头的南山坡上的树都一棵棵清晰可见，包括它们长长的、连在一起随着山坡起伏的影子，和亮绿的草地对比强烈。大道两边的冬青树刚刚修剪过，发出很好闻的苦香味。切斯奈后院厨房的烟囱飘摇着淡淡的烟雾，想必孩子们的晚饭快结束了。

　　我想起在十几年前，那应该是43、44年，鲁昂克莱蒙小学校的四边，也是用整齐的冬青树作围墙。而且他们的园丁也经常修剪枝叶，整个学校常常散发出苦涩的清香，这倒和那几年整个的气息吻合。我印象特别深的是那个小教堂的牧师讲课太缺乏魅力，我无数次想趁他方便的时候找到他，劝他讲课时声音不要那么高亢、甚至声嘶力竭，不过我总是在路过小教堂听见他讲课时才想起这件事，而过后就忘了。再说随后不久我就离开了那里。

　　那时的博罗缪是多么年轻啊。当年他也曾做过类似于今天阿尔迪正做着的事，只是他没有阿尔迪严重而已，但性质相同。真所谓这样的事晚来不如早来，年轻时的友谊容易建立也容易培养，出现伤害也容易沟通和清醒，相反如今对阿尔迪而言，他的歧途已经使他不可能认为自己正走在歧途上。一切交流都已经无效，疏离成了最后必然的结果。而这到底还有没有最终的结果呢？我是指还有没有可能出现相反的结果呢？对此我不仅非常悲观，甚至感到所谓的历史那几条清晰的脉络，实在掩盖着多少糊涂的错误啊。并且再也不会有人去把它们挖掘出来。永没那个可能。

我从北边的后门进去，奥拉尔正在给他媳妇洗脚，他媳妇的眼疾经过伽桑狄的治疗，有所好转，但奥拉尔告诉我，伽桑狄说，能不能彻底治好，要再过两三个月，也就是要等到夏天的时候才能完全清楚。不过现在好歹病情能够控制。

我走近库房东墙外的草垛，掀开了藤筐盖，小东西正乖乖地蹲坐，瞪着大眼睛等我呢！一见我就喵喵直叫。它怎么一点都不害怕呢？难道它连我的脚步声都能认得？我不停抚摩它的头顶，然后给它挠下巴，它昂着头闭着眼，脑袋随着我的抓挠一抬一落，但每次落下立即就高高地昂起，又高傲又享受的样子，真让人心生怜爱。"猜猜看我给你带来了什么？"我对它说，"嘿嘿，"我把小饭盒放到它的餐盘旁边，并不急着打开它，而用手指敲敲饭盒盖，它翘着尾巴，绕着我的手腕8字型踱步，喉咙里发出呜咽似的叫唤，伴随着"呼噜噜、呼噜噜"的小鼾，绕过来绕过去，但一点也不急，所以我感到它不是在求食，倒像是在表示感谢。我打开饭盒，用木叉叉出两条小鱼放在它的餐盘里。"还有你的最爱呢！"我这样对它说话，我自己都笑了起来。它盯着我的一举一动，看我如何把玉米棒放到它的餐盘里，它凑近了它，只稍微闻了闻，立即背对着我，安静地啃起来。

2008/5-8/27

我将适时地离开你

人生能得几回醉，不欢更何待？

——《何日君再来》

　　他们重新走回来的时候，发现家乐福并不是碧云路顶头的第一座建筑。改变了位置的家乐福同时还变得很不起眼。他纳闷刚才路过时这个家乐福为什么让他印象深刻？一个小时前记忆里它的位置，也就是眼前这第一座建筑，比记忆里却更加气派也更加显眼，但它门廊上霓虹灯的字明显不是"家乐福"，而家乐福，却缩在它高大的穹顶后面，有它 LOGO 的那面墙只有一半露在外面……在走向它们的同时，他一边平息内心的困惑一边在心里嘀咕：人，对自己熟悉的事物的关心，是多么本能地、一厢情愿地充满排他性啊，因此而忽视别的可能更重要的事或人，则是一件更自然的事。这么想着（他其实还想继续想下去），他抬头朝那门廊顶上的霓虹灯——虽然四点钟远没到亮灯的时间，但雨天昏暗，十一月天也开始黑得早了——看去，"国际体育休闲中心。"他随即念出前面两个同样重要但必定经常被忽略的字："碧云国际体育休闲中心。"她应着他的念叨点着头，"难道只卖体育用品？"但是进出的人并不都与"体育"有关，甚至没有一个人标志性地穿着运动服或拿着运动器材，他把视线往里一伸，幽暗的通道右边最外面的店铺，明显是一家西餐速食店，店里的人还不少，灯光和装潢都很明亮……"看来主要还是'休闲'。"他向她稍稍昂了一下头，为这"体育休闲中心"并不只卖体育用品而庆幸；"那就好，那就好！"她像小猴子一样摇头摆尾欢呼雀跃。于是，他搂着她腰的右手本能地把她往右边一拨（就像掌舵那样）："先去这里看看吧。"她欣然答应。一边往里走的时候，他还是忍不住叫道："天黑得怎么这么快啊！""就是呀！"她欢快地惊呼，仿佛雨下得越欢、天黑得越快，她心情却越好。在将要踏上休闲中心的台阶时，她扭过头来看群树遮掩的碧云路，似乎那里的雨由于没有屋顶的遮挡，或者没有灯光的照射，而比眼前更大些；这当然是错觉。事实上，那里落到地上的雨只会更小，因为那里有树，而且它们枝叶繁茂，如果是晴天，路面上必定浓荫密布。或许正是那里的光线更暗，导致了那里的雨更大的错觉。不过不管怎么说，此刻，随着他们走进高耸的门廊，雨如愿地消失了，但同时光线也离奇地更暗了——按理说，建筑里的灯光会把这里照得更亮，但意外的是，门廊以及更深处的通道都没有亮灯。但这幽暗似乎增添了这座建筑从外观就开始透露出的尊贵。不管怎么说，眼下他们好歹感到了温暖。他们跺了两下脚，习惯性地试图跺净鞋上的泥浆——尽管它们并不存在：这一带一路洁净，雨水也生不出什么泥浆。门口，一个外国小伙子，左肩背着双肩包的一条背带，双手插在裤兜里呆滞地盯着门口，被雨淋湿的地面。他们没有停留、走过了他，左边，一对中年、接近老年的外国夫妇，从家乐福那边走到他们前面，然后向他们自己的左边拐弯，走进体育休闲中心里面的通道。这让他们发现这个走廊的左边，就是刚才这对外国夫妇走来的方向，直接连着家乐福的入口。不过他们也不一定是从家乐福出来的，因为稍稍收回视线，就可以发现从这里到有家乐福 LOGO 的墙面之间还有好几家店铺，他们也有可能是从那里走出来的。明摆着右边的通道才是人流进出的中心，他们随着这股看不见的力量顺从地拐过入口处的弯曲，更长的通道展现在眼前，不过顶头又向右弯去。两边都是店铺。从灯光、店名和装潢都能看出来，这些店都很豪华。这幽暗，按理说，这么豪华的地方不会为了省电而让大家摸着黑儿前进，这真是件奇怪的事。但是，说实在的，这幽暗也还正常，确实没到令人惊奇的地步，因为说到底，刚才在外面也不是阳光明亮。阴雨连着昏暗，接受起来无需过渡，视线很快就能适应。他们一直紧紧搂在一起往前走。从两三个月或者更早之前开始，当他们搂在一起往前走的时候，他的右手（因为他只习惯走在左边）喜欢从她裤腰后面插进去，摸到她光滑温热的屁股，每当这时，她都会稍作挣扎："你这个怪叔叔！"但也不挣脱他的手。他往往在她两瓣屁股上摸来摸去，试图找出一粒痘痘来取笑她；不过应该说他这么做的目的到此为止，因为说到底光滑的屁股上一两粒痘痘不至于让人讨厌，甚而同样性感。有时，他突然用食指和中指分开她两瓣屁股的间隙，她当然是一阵紧张。自从出现这个习惯之后，如今她的要求已经降低成："不要摸得裤子拱起来好不好……"她这低声哀求的意思是不要让后面的人看出他的手伸进了她的裤子里。他同意。无疑他不以暴露为乐。不摸她屁股的时候，他有时搂着她的髋骨，有时搂着她的肩膀，有时，也按着她的腋下（这样可以方便地护着她右边的小乳房），根据不同的情况怎么舒服怎么来。她，她一般就紧紧地箍着他的腰。她很轻，只要他握着她的髋骨一提，她就可以被凌空带起。当然，就像抱着她站着做爱，这些动作都有她不易察觉的配合，并不是他一人所为。他现在觉得：细瘦的女人只要屁股上有肉，就还值得一爱。他们搂着的动作没有使他们走起来感到别扭，而且仍旧走得很自然、很协调，他们自己应该也感到很舒服。当然，也不会有任何人嫌他们搂得太紧，尤其是这个季节，十一月，所谓"将要入冬之秋"，这样搂着至少也可以算做互相取暖；尽管，他们还没感到有取暖的必要。

217

　　从通道前面看不见的入口偶尔吹来的寒气夹带着冷雨的味道。两边店铺亮着的灯光，包括那些不大的店牌霓虹灯，在灰暗的大背景上显得特别鲜艳。但不刺眼。潮湿、温暖、黑暗、鲜艳；一瞬间总有走在某个陌生小镇的幻觉，作为游客，你虽然会得到善待，但时刻想着归途。在通道里来往的人不多，但也不少得让人感到冷清，虽然大家的表情都比较严肃，但也是那种走路时正常的严肃，整体上大家的步态还是轻松的。他抽出刚才摸着她屁股的手，重新搂紧她的髋骨，顺势习惯性地、更紧地搂了她一下，她也立即舒服地扭了一下肩膀，更紧地贴近了他，同时开心地转过头，把嘴唇送给他亲吻。他吻到她嘴唇的瞬间，突然改变了主意，就势不轻不重地对着她肉嘟嘟的嘴唇咬了一口。在离开她嘴唇之后，她的脸正要缩回，他又在她脸上啵了一下，以给刚才那一咬一个缓冲。这一啵使她停住，正面转向他，想来一个好好的吻。他们吻的时候，他的头歪向右边，她的头也歪向她自己的右边，形成一个"X"形，以错开鼻子的阻挡，方便亲吻。他的舌头不停舔食她的舌头和上下嘴唇，她也同样应合。随后他用力快速地伸缩舌头，在她嘴里一堵一退、一堵一退，象形着阴茎的抽插，与此同时，左手绕到她的身后，按住她的屁股把她的下身贴紧过来，同时他轻微地扭动下身，让她感受他阴茎的硬碌。他右手，则抱着她的后脑，一边抚摸一边掌握她头颅的方向。她的后脑过分地突起，有点瘦骨嶙峋的感觉，不过小巧玲珑得正好被他一手掌握，摸起来也算光滑顺溜。上下左右摸过她头颅之后，他会摸摸、甚至是拽拽她的耳垂，然后把嘴凑上来咬一下她的耳垂，顺势对准她耳洞幸灾乐祸地用气声说："湿了吧！"她向后仰去，既害羞又担心挨骂地眯着眼，撇着笑点头；"就知道！"他还想继续吓她："给我摸一下！"她夸张地咂了一下嘴，同时低下头来瞪着他；他哈哈笑起来，一把揽过她然后推着她的腰继续往前走。也许是没到时间？很多店铺没有开门。同时他总是听见一股低缓的水流声。他四下看看，感觉了一下，又看不见具体的流水。他回头看了一眼，发现关着门的大多都是店堂比较大的中餐厅，比如这家金多利川菜馆。还有刚才路过的叫"华越楼"的本帮菜馆。大门关着，里面只亮了一两盏小灯，不过里面厨工和服务员走来走去，似乎正在为即将到来的晚餐奔忙。这些中餐馆，这些开在这外国人聚集的国际社区的中餐馆，看来看去，总觉得有什么地方不一样，就好像，外国人开的或者是，开在国外的中餐馆。有那种，有些方面过分地强化了中国元素，比如招牌上的书法，门檐下的小红灯笼，似乎都经过了精心雕琢，使它们显现出比菜的味道还重要的地位。确实，他这时想了一下：与此同时首先失去中国特色的，正是菜的味道。或者一些餐具。比如调羹，他们往往会用不锈钢羹勺，以符合外国人的习惯。不过话说回来，在能强化中国特色的餐具上，他们是不会马虎的，只要不欺蒙坑骗，他们一定会用上好的瓷器。说不定瓷器上还是东洋红色的牡丹。即便仅仅看着这乳白色上的东洋红，外国人就已经想付钱了。更不用说还在瓷器里给你端上几朵淋着鲜亮汤汁的蘑菇。那些汤汁之所以特别鲜亮，还因为只对准它们照射的射灯：这可不是普通餐馆重视的事情……这些还没开市的店面，就这样与通道里的幽暗连成一片，使那些开着的商铺虽然鲜艳明亮引人注目，却显得特别孤独。左边这家门面很长的店就是这样，虽然白亮的灯光把整个店堂照得像只里外通透的灯箱，但也照明了店里不多的几个顾客。"中图外文书店"，店名使他想起一件事："看看有没有港版书。"其实她也同时想到了这件事，因为在他说的时候她就已经点头，并在他放在她髋骨上的掌舵的手还没拨转方向时，就和他一起转向了它的大门。

　　他没有往书店的里面走，而是在门口就直接问收银台边一个穿着制服的女服务员。他问完之后，她还没开口说话，她身边的一个小伙子说："没有。"原来他也是服务员，只是他穿着不同的制服。他们顿时兴味索然，不过随即就感到很正常，因为同样的结果已经不止一次遇到，一个月来，他们在福州路和南京路几家可能有境外图书的书店都没有找到港版书。外文原版书、台版书都有，但就是没有港版书。他更加确信了他的一个猜测：他把它说了出来："可能有什么政策不让港版书进来。"她点着头，牵着他的手同时左右晃动着脑袋，眼睛无目的地扫着近旁书架上的书。随后走近他搂着他的腰。他在圆盘书架前站了十数秒，仿佛在思考眼下他们跟书籍还有什么需要解决的联系，然后说："走，"她点头，欢快轻松地抿嘴一笑，好像在说："暂时没联系。"行至此刻，也许他们也正要想想此行——偶然走进这家体育休闲中心——的目的，书店旁一家窄小的烟店适时地提醒了他们："烟店！"他们同时惊喜地叫道。弯腰伏在柜台上的阿姨典型的上海品牌，齐耳的波浪卷，猫一样斜视的眼睛不过他并不在乎，说真的如果说有时他对上海牌老阿姨还有点在乎的话，更多的是出于对同样是外省的同行者的维护。而对他自己而言，他甚至明白上海老阿姨你越不在乎她，她越有可能喜欢你。但是没走几步，玻璃柜下货架上十几种烟的特点也就一目了然了：看得出这个烟店跟这个阿姨风格一致，卖的都是上海本地烟。“没有别的？”上海阿姨冷漠地摇头。他低头问她：“总不至于抽双喜吧……”“不抽。”她手撑着膝盖，头埋得更低地在查看烟的品种，希望得到新的发现。“那我们再往前面走，看看还有没有超市之类的。”“好啊！”她突然欢快地点头同意，并且蹦了一下使自己站直然后飞快地抱住了他的胳膊。不夸张地说，脑壳都歪在他胳膊上了。似乎，只要有他在，怎么着都好。什么都可以推迟，因为什么都可以再有。那些不能有的，没有了也无所谓。“而且，”他说，“这条通道应该通在外面，那边顶头走出去，应该是家乐福另一个进口。”他的意思是，即便休闲中心里找不到他们想要的烟，他们最终还可以在通道顶头拐进家乐福。她明白他的意思。他们清脆而齐整的鞋跟着地声使他留意了一下地砖，但对此他完全外行，根本不能从外型和色泽以及声音辨别它们的质地和好坏。想必不会差。他想。不过转瞬间他更着迷他们完全一致的步子。这在他们刚刚认识没几天的一个在外面步行的晚上他就留意过，此刻，他冷静地、接近毫无表情地重温这份偶然的一致。他虽然是短靴，但鞋跟坚硬，而她的长靴沉重的分量已有固然的威武。鞋头一起迈出，落地，然后左边的再抬起、落下，然后又是右边的。因为没有口令的要求，这齐整的节奏更显宝贵；尽管事实上这样的一致在两个人并排走时是常有的事；因此他什么也没说，只哼哼地往前迈步。而此时右手边巨大的落地玻璃，以及它后面的游泳池吸引了他们。"池子底下是斜的？"他们停下来弯下腰看，"还是水的折射？""不，"她说，"是池子底下斜。"这个以落地玻璃为一面池墙的小游泳池里面，是宽阔的大游泳池，高广的穹顶裸露着钢梁，硕大的灯具把整个室内游泳池照得亮闪闪的，尽管泳道线上的彩球也被照得色彩鲜艳，但整个游泳馆内的色调还是冷飕飕的。那些泳道线笔直地向远处汇聚，显示着强烈的透视。游泳池里的人不多，真正在游的只有两三个，其他人的动态似乎正在收工回家。他扫视着这些动作迟缓、身着泳装的外国男女，没有看见让他眼睛一亮的肉体。"还是有些体育设施的。"他呵呵笑着。这时他突然想起外面的雨。是游泳池里的水、游泳池室内鲜艳的灯光以及游泳池对面落地玻璃墙外的天色提醒了他。通过通道里游泳馆的落地玻璃，可以看见对面玻璃墙的大门外并不直接连着街道，而是一座小型的露天咖啡馆，四、五把阳伞下围着一些白色的桌椅。当然没有人悠闲到这种地步，在十一月、下午四五点、尤其是雨中、露天坐在那里喝咖啡。"我突然很想，"他们重新走起来之后突然她说，然后害羞地停在那里；"做什么？"他从她的害羞、以及口吻看出她决不是想说"做爱"，所以询问的语气里没有任何的轻佻；"想画画，突然就很想。"他点着头："嗯，能明白。那回去就画嘛！""嗯！我还是很喜欢画画的，"她语速突然有点慌乱，显出那份谈起自己工作时特有的紧张和害羞，"我的意思是，我还是很喜欢笔、颜料、笔触这些，不是……，装置那些也喜欢，我的意思是，""嗯，我明白……""喜欢装置那些的同时没有抵制绘画……""嗯嗯……"他一边走一边老成地点着头："完全理解的，"他转过头，看着她说："我支持你这么做啊！""嗯，"她知道就会得到他的支持；"作为作者你怎么想都是对的，也是重要的。因为你知道你自己在做什么，这是最重要的。""嗯，是的。"她歪过脖子把整个头都蹭在他的肩窝里，他也顺势搂着她的肩膀，把她更紧地向自己压过来——事实上已经不能再紧。他这么搂着她的时候，想到了一个因为自己并不高大而极少与自己有关的词：小鸟依人。以往的女友，要么比他高，要么比他宽，很难让他感到对方在自己面前显得像小鸟。由于她的瘦（身高只比他矮两公分），小鸟依人的感觉第一次出现了。不过本质上他对这个词仍旧无法喜欢。而且更重要的是，他想，她也根本不是小鸟；她骨子里并不喜欢自己有依靠别人、男人的感觉，即便要做小鸟，也只在他面前偶尔做一下。他是这么想的，或者说，他是这么感到的。因为这正是她真实的、深刻的感觉，如果这个真实而深刻的感觉被他发现和感知，她将感激不尽。

他们走到了通道的顶头也没有发现另一家卖烟的店。但这不能不说是意料中的事。在这寸土寸金的地盘一家小小的烟店是很难生存的。于是，当通道顶头与室外相连成直角的落地玻璃显露出灰暗、阴雨、但却仍比通道里面明亮一些的天色的时候，他们没有、至少没有表现出丝毫的怨恨，也没有表现出丝毫的急切。"果真没有，"他说；"嗯，"她轻松地应和，随他一同扫视通道外面，似乎幽暗了这么久此刻出来透口气正是一件妙事。透过玻璃往里瞧：呵，这可是一家实打实的体育用品店——这么一来，整个这条"体育休闲中心"倒像一篇小说，中间的游泳馆唤起了将要被各种餐饮商铺淹没的节奏，而这家体育用品店在最后点了题。结构虽然老套，但经典。不过，他随即想到，倘若游客从这个门进来呢——因为明显通道这头的入口外也直接连着街道——咦，这同样是一篇小说，甚而是篇更好的小说：一开始就毫无顾忌惊心动魄地点题，中间来个游泳馆荡出歧义，最后大胆地抛弃主题……他们走到外面，雨还是那么小，但没有停的趋势。他们绕过落地玻璃向左拐，同时抬头看了看体育用品店的店牌，"迪卡侬"，作为一个对体育没什么兴趣的人，他当然没听说过它。他们沿着迪卡侬门廊下（因为可以避雨）往左边、也就是家乐福的方向走，理想的情况是这样走下去就能走到家乐福的后门，如果它有后门的话；如果它没有后门，那么体育休闲中心与家乐福之间有条小巷也不错，这样他们就可以穿过巷子，走回家乐福的入口……但是一面铁丝网宣告这两个愿望似乎都不成立。铁丝网内好像是座球场。至于什么球，看不出来。但肯定不是足球……再往前连续几座建筑看去，都发现不了折回家乐福的夹道入口。"要不然我们原路返回吧！""好啊！"刚刚漫长的通道的记忆重新印现脑海，如此迅速就重复一条刚刚走过的陌生的道路，既有可能存在重新发现的兴奋，又有可能索然寡味的担忧，但无疑兴奋大于担忧。更重要的是：此刻这么做最保险。于是他们说干就干，互相紧搂立马回头。不过这次他们不再带着欣赏的意味走走停停，而是大踏步地向前走。他们的步子更响了。他们走在通道的最中央，他们俩似乎就是整个通道的主角。两侧灰暗而抑郁的外国人似乎都是他们的陪衬。仿佛有一束追光跟随着他们。不过这只是旁观的效果，他们自己并不知道，那些外国人也不知道。他们各行其是。这样最好。果然，"华越楼"已经灯火通明，并且里面已坐着食客，临窗，一个外国男人，五、六十岁；和他们俩走去的同一个方向，也就是这个外国男人的对面是个女孩的背影。顶上的收光吊灯照亮桌面和他们的脸。高耸的眉弓和深陷的眼窝、还有下垂的眼袋，使这个外国男人的神情看起来有点苦涩。但灯光还是把他的眼睛照得水汪汪地发亮。灯光同时照着他额前蓬松的灰发，像一簇不豪华但很暖和的兔毛。当他们走到与他们平行时，他假装很随意地转头，为的是看一下外国男人对面女孩子的脸。是个中国姑娘。不过很朴素，朴素的特点即便在他假装随意转头的瞬间都迅速散发，应该是因为她脖子前垂着两根麻花辫……

走过华越楼后，他一直回味着外国男人额前的灰头发。他感到它使这个外国老人看起来很可靠。就像他自己对于身边的她这般可靠吗？随即他问自己。对女人而言，自己是一个"可靠的男人"吗？看来，无论怎么衡量，都算不上。那自己到底应该怎么做呢？突然他本能地掐断了继续的追问。我现在不想面对这个问题，他想。但我什么时候想面对这个问题呢？他又在心里问自己。他抬眼看其他店牌上的字，但他发现心里的问题又把他拽了回来。嗯，也许，我迟早会捧出一个结论吧。或者，某个结论必定在不久的未来等着他，和他的女人。但是，那会是什么呢？未来，时间真能帮忙解决问题吗？所谓的未来，最终，不都是那一个字吗？突然，他搂紧了她，把步子迈得又响又大，仿佛把所谓的未来踢得纷纷躲避。她转头看了他一眼，自以为会心地一笑，把步子迈得和他的一样响。不管怎么说，此时此刻，那簇灰头发，还是让他在心里纯粹多管闲事地，为那个中国姑娘感到放心。

　　天已经黑了。休闲中心门口的人却变多了。进出的，站着的，都多。看来晚饭时节对任何地方都有相应的影响，外国人聚集的地方也不例外。看到外国人和我们保持一致，这让人放心。整个门口的空地却没有哪怕一盏起决定作用的灯，这再次让他感到纳闷。偶尔几束移动的车灯把空中随着风向扭转的雨丝照得闪闪发亮但随着车灯转移而瞬间归于空无。一些没打伞的人都猫着腰快步来回在出租车和门廊之间，黑暗中传出鞋底踩踏水渍的清脆声响。在一阵风哗哗地吹来、吹得他衣领上的毛掀上他的脸颊时，他紧紧地把她搂到胸前。黑暗中，她缩着脑袋，然后仰起头，幽亮的眼睛盯着他，仿佛在捕捉他的情绪，然后突然乖巧地一笑："爸爸！"他没有亲热地应出"诶"，而是从鼻子里哼出一声"嗯"，并立即昂起头，搂着她大踏步地往前走，一副气不打一处来的样子。不过，她却更开心地把脸蹭在他的胸前，抿着嘴憋着笑。他们走在体育休闲中心和家乐福相连的走廊里，淋不到雨，但走廊两侧没有护墙，因此这两侧正好是南北方向的穿堂风，风也会偶尔吹来几丝雨星。他一边走一边提上右手，把她脑壳后面的帽子拨上来给她戴好，然后隔着帽子捂着她的脑壳。她在帽子里轻轻转动脑壳，耳朵隔着帽子刮着他的手，他顺手捏住她的耳朵，像制服一只猫似的制服她。她重新把头安静地靠在他胸前，不过，嘴又抿了抿，憋住一阵笑。当然他看不见。他用下巴抵着她的头顶，随着步子的迈动，一下一下轻轻地撞击着她。各种移动的和静止的物体在夜幕下影影绰绰，潮湿的寒气和灰蓝的天空使他始终感到身处异地。就在这时，突然间，另一个女孩子多年前的另一个动作迅疾而安详地潜进他的脑海。随着整个跳出来的动作，记忆的其他画面逐渐清晰：那也是十一月，五、六年前，也是傍晚，虽然不下雨，但那是北方，只会比现在更冷，当时她必定想起自己的心事，竟然像捂着热腾腾的茶杯取暖那样双手抱着冰冷的厚玻璃啤酒扎杯。那是她和他见面一周之后，没完没了兴奋的谈话期正逐渐过去，她带着他去她学校附近吃烤肉。她突然陷入一种明显的沉静，隐在镜片后面的眼睛斜视着地面，双手抱着啤酒扎杯，连日来第一次如此地对他视若无睹。这突然降临的沉静提醒他：这里，是她的生活，是她生活过三年多的地盘。而他，才来了十天。他想象多少次，各个季节，春夏秋冬，她和她以前的男朋友都来这里吃烤肉。那时他还没有知道在她和她的男朋友之前还发生了一件更重要的、她和另一个男人发生过的让她久久不能走出阴影的事。为了这件更重要的事，他本应该立即撤离。但是什么也没有阻止他和她之间发生的一切。而滑稽的是，事后很多年，他发现，似乎太多的人盼望他和她发生的这一切。他和她发生的这一切，成了很多人活下去的动力。这一切，给了太多的人太多的——"你在想什么？""啊？"他应了一声，随后说："我在想"，他停了一下，左手轻轻挡着被一个黑人推着从他们身边走过的购物车，然后抬头看着家乐福宽广而明亮的入口，他说："怪不得刚才一直听到流水的声音。"他立即感到她不太可能理解，"是那游泳池。"补上这句之后他同样感到游泳池的水流声不可能弥漫整个通道，但他也不知道该如何继续解释，就"呵"地笑了一下，不过在他笑的时候她已经若有所思地点着头。"你饿了吗？"她停了一下，说："还好。""还好就是饿了。""没有，几乎没感到。你呢？""我也还好。不过马上准备吃什么？""嗯——"她在考虑；他脑子里闪现了刚才通道里见到的几家西餐厅，心想今天莫非要尝一下西餐？！她会不会也——"想吃辣！"他点着头，"那是吃湘菜还是川菜？"她又想了几秒，然后既激情满怀又带着征询他意见的口吻说："川菜！你觉得呢？"见他思考的脸上并无否定她继续说："我们去吃'麻辣风暴'吧，那里味儿正！""好！""嗯！""那我们买了烟就去，这么一说我突然饿了。""我也是！"他在她肋下按了按，推着她往家乐福里走，同时骂道："跟屁虫！""嗨——嘿——"她一边走一边晃动脑壳，嘴里发出卡通动物的声音。

于是他们又加快了节奏。事实上外表看不出来。因为如果比刚才他们从通道里走回来的步子更快的话，那差不多就得小跑了。其实只是他们心里的节奏加快了而已。而真正的现实却使他们不由自主地停了一下，迟钝了一下：和刚才的幽暗相比，家乐福的明亮、宽广、繁多的人和商品都需要他们适应一番。不过他很快就表达了他的心情愉快，"嚯，"他扫视着攒动的人群，叫道，"嘿嘿，"她也笑了；随后他仔仔细细地盯着她看，他看见整个下午以来第一次被灯光照亮的她，仿佛也（从她的眼睛里）看到了明亮的自己；虽然穿在身上的衣服没减少，但他感到自己轻了很多，就像她在灯光下显得更瘦一样。他搂着她轻捷地往前走，一瞬间他感觉他牵着她在跳一场冰上芭蕾，他们滑向哪里，哪里的人群就会自动而有序地让开。尽管他们的步子严格来说是非常的规整。他们穿过了为了迎接圣诞和新年而临时搭设的大礼包区，同样的商品重复堆砌，无比大方地显示物质的极大丰富，仿佛这一切完全免费根本不需要考虑钱随便捧回家。在欢快、实际上庸俗得有点肥腻的音乐声中，她有意迈着小碎步，应和着她的欢乐。他们目光一会儿被商品吸引一会被人吸引，但是什么也没有停留。"卖烟的地方在哪呢？"他这样问着，随后搂着她朝附近一个穿制服的服务员走去。顺着服务员的指示，竟然就在不远处、差不多最中央的柜台，而此前他还担心在别的楼层。他上下抚摸着她的肋骨，最后重新搂紧她的髋部。她再次把嘴唇送上来吻他，但他只象征性地碰了一下她嘴唇的上方就立即缩回，并且使她明白此刻这一碰已经足以说明问题。事实是在人多的地方，他还是有点害羞。而此刻，一个只要走进商场就会不自觉升起的疑惑又升了起来：他总是疑惑他们，他和她，或者至少是他自己，和这些购物的人不一样；不，不是那种感到自己很特殊的自恋，而是，他总担心他们进了商场就没有别人那么悠闲。其"非职场中人"、"非消费者"的原因虽然早有所知，但至今不能克服这种身处集体消费时的不适。"还有什么要买的吗？"似乎好不容易进了这么大一个场子，就买一包烟，有点得不偿失。或者仅仅买这包烟也不能满足他们欢快的心情。没等她想出来他又说："其实我还是想买把转椅。""嗯，"她赞同，但是他随即想到马上还要去八佰伴那里吃晚饭，带着转椅肯定不方便，他把这意思跟她说了，她也觉得对，而且天还下雨，明摆着不是一个买椅子的日子。"对了，要给你买个焐脚的！""对！那个需要买！"但是他们一时忘了那东西叫什么名字，所以在向服务员打听时，他结巴得厉害："就是那种插电的，……既可以焐脚又可以焐腰的……，有两个孔，脚可以伸进去……""暖身宝吧。""对对对。"他很担心服务员给他来个"卖完了"的回答，但她果断地指了方向："在电热毯那里。"他连声道谢，然后重新搂着她大踏步地往电热毯那里走。"今天好顺啊，"他说，"要什么有什么。""嗯！"她木偶似的点着头；其实他自己的声音还没消失，他心里另一个声音就已经升起：胡扯。

他把她捧着的暖身宝盒子举到她头顶给她挡雨，"你也低点下来嘛。"她这样说着，同时把盒子移到中间挡着他们俩的脑袋。他完全不愿意相信，而且他认为事实也绝对不会如此，但出口处确实就是这么黑。也许只有深秋下雨的傍晚才有这种冷静坠落的黑。而人来车往更提示大家这漆黑之中奇特的沉静。他没有对这黑提任何一个字，但在转头抬手之间始终感受着这黑。同样漆黑的雨滴在贴近身边时才闪出一丝明亮，让人感到刚刚参加过一场婚礼或者一场葬礼：它们都提醒自己需要更加小心谨慎。"还去看碧云别墅吗？"他这样问着同时哈哈笑起来，她也不好意思地嘿嘿笑起来，"明天，或者过两天再说吧。"他在心里笑着说：那当然。同时说："那我们现在就去'麻辣风暴'？"他仿佛看见了'麻辣风暴'那闪亮的、黑红相间的装修。一辆出租车从岔道滑溜溜地驶进家乐福出口处，稳稳地停住。"是大众的。"他赶紧搂着她朝它奔去，担心有人更快地叫住它。在红色的尾灯的照耀下，尾气管忽忽喷出的灰白色气雾让他们感到温暖。下车的人关上前门的同时，他打开后门习惯性地示意她上车，而同样习惯性地，她让他先上；她总是愿意他坐在左后座、即驾驶座的后面，根据了解，她认为那是最安全的位置。等她上了车，"砰"地一声关上门，"去八佰伴。""好的。两位晚上好。"可能只有大众的司机才这么有礼貌了。而况现在已是晚饭时间，是上班的人最心烦疲惫的一刻，这司机还能做到如此的温文尔雅，不排除受到了他们的欢快的传染。在车开动的那一刻，他把暖身宝贴着自己这边的车门放好，然后向中间、也就是靠近她那边挪过去，伸手搂住她，然后摸到她的脸，"怎么这么冷？"随即伸出左手，与右手一起捂着她的脸。待她脸上的温度有所回升之后，他又握起她的手，轻轻地搓动那几支百力滋似的细手指。但是那完全是垃圾食品，他想。而她似乎没感到这个动作的重要性，只被他搓了几下，就抽出左手抱住他的腰，然后把上半身靠在他的胸前。灯光在雨水滑动的玻璃外流动，而玻璃异常干净，没有油质阻挡雨水的滑落，明亮的画面就像电影镜头。"我要吃酸汤鹅肠。"她在他下巴下面叫道。"没问题。"他说，"我要吃牛蛙。"他好像看见桌面上的光，而且眼睛正好被那束反射的光刺中。

2008/11-2009/9